U0924737

随时的自在

老舍 著

江苏人民出版社

图书在版编目（CIP）数据

随时的自在 / 老舍著 . — 南京 : 江苏人民出版社，2019.7（2023.5 重印）
ISBN 978-7-214-23437-7

Ⅰ. ①随… Ⅱ. ①老… Ⅲ. ①散文集—中国—现代 Ⅳ. ①I266

中国版本图书馆 CIP 数据核字 (2019) 第 078975 号

书　　名　随时的自在
著　　者　老　舍
责任编辑　卞清波
出版发行　江苏人民出版社
地　　址　南京市湖南路 1 号 A 楼，邮编：210009
印　　刷　天津旭丰源印刷有限公司
开　　本　880 mm × 1 230 mm　1/32
印　　张　8
插　　页　4
字　　数　172 000
版　　次　2019 年 7 月第 1 版
印　　次　2023 年 5 月第 2 次印刷
标准书号　ISBN 978-7-214-23437-7
定　　价　49.80 元
（江苏人民出版社图书凡印装错误可向承印厂调换）

目录

contents

所到之处皆有风景

生活需要点生机勃勃

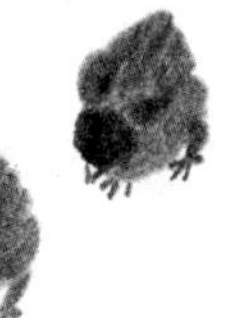

人事有代谢，时节一如常

幽默的灵魂自有道理

听说读写，也求甚解

所到之处皆有风景

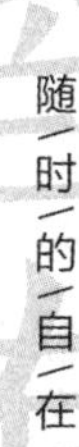

所到之处皆有风景

一些印象（节选）

济南的秋天是诗境的。设若你的幻想中有个中古的老城，有睡着了的大城楼，有狭窄的古石路，有宽厚的石城墙，环城流着一道清溪，倒映着山影，岸上蹲着红袍绿裤的小妞儿。你的幻想中要是这么个境界，那便是个济南。设若你幻想不出——许多人是不会幻想的——请到济南来看看吧。

请你在秋天来。那城、那河、那古路、那山影，是终年给你预备着的。可是，加上济南的秋色，济南由古朴的画境转入静美的诗境中了。这个诗意秋光秋色是济南独有的。上帝把夏天的艺术赐给瑞士，把春天的赐给西湖，秋和冬的全赐给了济南。秋和冬是不好分开的，秋睡熟了一点便是冬，上帝不愿意把它忽然唤醒，所以作个整人情，连秋带冬全给了济南。

诗的境界中必须有山有水。那么，请看济南吧。那颜色不同，方向不同，高矮不同的山，在秋色中便越发的不同了。以颜色说吧，山腰中的松树是青黑的，加上秋阳的斜射，那片青黑便多出些比灰色深，比黑色浅的颜色，把旁边的黄草盖成一层灰中透黄的阴影。山脚是镶着各色条子的，一层层的，有的黄，有的灰，有的绿，有的似乎是藕荷色儿。山顶上的色儿也随着太阳的转移而不同。山顶的颜色不同还不重要，山腰中的颜色不同才真叫人想作几句诗。山腰中的颜色是永远在那儿变动，特别是在秋天，那阳光能够忽然清凉一会儿，忽然又温暖一会儿，这个变动并不激烈，可是山上的颜色觉得出这个变化，而立刻随着变换。忽然黄色更真了一些，忽然又暗了一些，忽然像有层看不见的薄雾在那儿流动，忽然像有股细风替“自然”调合着彩色，轻轻地抹上一层各色俱全而全是淡美的色道儿。有这样的山，再配上那蓝的天，晴暖的阳光；蓝得像要由蓝变绿了，可又没完全绿了；晴暖得要发燥了，可是有点凉风，正像诗一样的温柔；这便是济南的秋。况且因为颜色的不同，那山的高低也更显然了。高的更高了些，低的更低了些，山的棱角曲线在晴空中更真了，更分明了，更瘦硬了。看山顶上那个塔！

再看水。以量说，以质说，以形式说，哪儿的水能比济南？有泉——到处是泉——有河，有湖，这是由形式上分。不管是泉是河是湖，全是那么清，全是那么甜，哎呀，济南是“自然”的Sweet heart吧？大明湖夏日的莲花，城河的绿柳，自然是美好的了。可是看水，是要看秋水的。济南有秋山，又有秋水，这个秋才算个秋，因为秋神是在济南住家的。先不用说别的，只说水中的绿藻吧。那份儿绿色，除了上帝心中的绿色，恐怕没有别的东西能比拟的。这种鲜绿全借着水的清澄显露出来，好像美人借着镜子鉴赏自己的美。是的，这些绿藻是自己享受那水的甜美呢，不是为谁看的。它们知道它们那点绿的心事，它们终年在那儿吻着水皮，做着绿色的香梦。淘气的鸭子，用黄金的脚掌碰它们一两下。浣女的影儿，吻它们的绿叶一两下。只有这个，是它们的香甜的烦恼。羡慕死诗人呀！

在秋天，水和蓝天一样的清凉。天上微微有些白云，水上微微有些波皱。天水之间，全是清明，温暖的空气，带着一点桂花的香味。山影儿也更真了。秋山秋水虚幻地吻着。山儿不动，水儿微响。那中古的老城，带着这片秋色秋声，是济南，是诗。

要知济南的冬日如何，且听下回分解。

上次说了济南的秋天，这回该说冬天。

对于一个在北平住惯的人，像我，冬天要是不刮大风，便是奇迹；济南的冬天是没有风声的。对于一个刚由伦敦回来的，像我，冬天要能看得见日光，便是怪事；济南的冬天是响晴的。自然，在热带的地方，日光是永远那么毒，响亮的天气反有点叫人害怕。可是，在北中国的冬天，而能有温晴的天气，济南真得算个宝地。

设若单单是有阳光，那也算不了出奇。请闭上眼想：一个老城，有山有水，全在蓝天下很暖和安适地睡着；只等春风来把他们唤醒，这是不是个理想的境界？

小山整把济南围了个圈儿，只有北边缺着点口儿，这一圈小山在冬天特别可爱，好像是把济南放在一个小摇篮里，它们全安静不动地低声地说：你们放心吧，这儿准保暖和。真的，济南的人们在冬天是面上含笑的。他们一看那些小山，心中便觉得有了着落，有了依靠。他们由天上看到山上，便不觉地想起：明天也许就是春天了吧？这样的温暖，今天夜里山草也许就绿起来吧？就是这点幻想不能一时实现，他们也并不着急，因为有这样慈善的冬天，干啥还希望别的呢。

最妙的是下点小雪呀。看吧，山上的矮松越发的青黑，树尖上顶着一髻儿白花，像些日本看护妇。山尖全白了，给蓝天镶上一道银边。山坡上有的地方雪厚点，有的地方草色还露着，这样，一道儿白，一道儿暗黄，给山们穿上一件带水纹的花衣；看着看着，这件花衣好像被风儿吹动，叫你希望看见一点更美的山的肌肤。等到快日落的时候，微黄的阳光斜射在山腰上，那点薄雪好像忽然害了羞，微微露出点粉色。就是下小雪吧，济南是受不住大雪的，那些小山太秀气。

古老的济南，城内那么狭窄，城外又那么宽敞，山坡上卧着些小村庄，小村庄的房顶上卧着点雪，对，这是张小水墨画，或者是唐代的名手画的吧。

那水呢，不但不结冰，反倒在绿藻上冒着点热气。水藻真绿，把终年贮蓄的绿色全拿出来了。天儿越晴，水藻越绿，就凭这些绿的精神，水也不忍得冻上；况且那长枝的垂柳还要在水里照个影儿呢。看吧，由澄清的河水慢慢往上看吧，空中、半空中、天上，自上而下全是那么清亮，那么蓝汪汪的，整个的是块空灵的蓝水晶。这块水晶里，包着红屋顶、黄草山，像地毯上的小团花的小灰色树影；这就是冬天的济南。

树虽然没有叶儿，鸟儿可并不偷懒，看在日光下张着翅叫的百灵们。山东人是百灵鸟的崇拜者，济南是百灵的国。家家处处听得到它们的歌唱；自然，小黄鸟儿也不少，而且在百灵国内也很努力地唱。还有山喜鹊呢，成群的在树上啼，扯着浅蓝的尾巴飞。树上虽没有叶，有这些羽翎装饰着，也倒有点像西洋美女。坐在河岸上，看着它们在空中飞，听着溪水活活地流，要睡了，这是有催眠力的；不信你就试试；睡吧，绝冻不着你。

要知后事如何，我自己也不知道。

到了齐大，暑假还未曾完。除了太阳要落的时候，校园里不见一个人影。那几条白石凳，上面有枫树给张着伞，便成了我的临时书房。手里拿着本书，并不见得念；念地上的树影，比读书还有趣。我看着：细碎的绿影，夹着些小黄圈，不定都是圆的，叶儿稀的地方，光也有时候透出七棱八角的一小块。小黑驴似的蚂蚁，单喜欢在这些光圈上慌手忙脚的来往过。那边的白石凳上，也印着细碎的绿影，还落着个小蓝蝴蝶，抿着翅儿，好像要睡。一点风儿，把绿影儿吹醉，散乱起来；小蓝蝶醒了懒懒地飞，似乎是作着梦飞呢；飞了不远，落下了，抱住黄蜀菊的蕊儿。看着，老大半天，小蝶儿又飞了，来了个楞头磕脑的马蜂。

真静。往南看，千佛山懒懒地倚着一些白云，一声不出。往北看，围子墙根有时过一两个小驴，微微有点铃声。往东西看，只看见楼墙上的爬山虎。叶儿微动，像竖起的两面绿浪。往下看，四下都是绿草。往上看，看见几个红的楼尖。全不动。绿的、红的、上上下下的，像一张画，颜色固定，可是越看越好看。只有办公处的大钟的针儿，偷偷地移动，好似唯恐怕叫光阴知道似的，那么偷偷地动，从树隙里偶尔看见一个小女孩，花衣裳特别花哨，突然把这一片静的景物全刺激了一下；花儿也更红，叶儿也更绿了似的；好像她的花衣裳要带这一群颜色跳舞起来。小女孩看不见了，又安静起来。槐树上轻轻落下个豆瓣绿的小虫，在空中悬着，其余的全不动了。

园中就是缺少一点水呀！连小麻雀也似乎很关心这个，时常用小眼睛往四下找；假如园中，就是有一道小溪吧，那要多么出色。溪里再有些各色的鱼，有些荷花！哪怕是有个喷水池呢，水声，和着枫叶的轻响，在石台上睡一刻钟，要作出什么有声有色有香味的梦！花木够了，只缺一点水。

短松墙觉得有点死板，好在发着一些松香；若是上面绕着些密罗松，开着些血红的小花，也许能减少一些死板气儿。园外的几行洋槐很体面，似乎缺少一些小白石凳。可是继而一想，没有石凳也好，校园的全景，就妙在只有花木，没有多少人工作的点缀，砖砌的花池咧，绿竹篱咧，全没有；这样，没有人的时候，才真像没有人，连一点人工经营的痕迹也看不出；换句话说，这才不俗气。

啊，又快到夏天了！把去年的光景又想起来；也许是盼望快放暑假吧。快放暑假吧！把这个整个的校园，还交给蜂蝶与我吧！太自私了，谁说不是！可是我能念着树影，给诸位作首不十分好，也还说得过去的诗呢。

学校南边那块瓜地，想起来叫人口中出甜水；但是懒得动；在石凳上等着吧，等太阳落了，再去买几个瓜吧。自然，这还是去年的话；今年那块地还种瓜吗？管他种瓜还是种豆呢，反正白石凳还在那里，爬山虎也又绿起来；只等玫瑰开呀！玫瑰开，吃粽子，下雨，晴天，枫树底下，白石凳上，小蓝蝴蝶，绿槐树虫，哈，梦！再温习温习那个梦吧。

有诗为证，对，印象是要有诗为证的；不然，那印象必是多少带点土气的。我想写“春夜”，多么美的题目！想起这个题目，我自然地想作诗了。可是，不是个诗人，怎办呢；这似乎要“抓瞎”——用个毫无诗味的词儿。新诗吧？太难；脑中虽有几堆“呀、噢、唉、喽”和那俊美的“；”，和那珠泪滚滚的“！”。但是，没有别的玩艺，怎能把这些宝贝缀上去呢？此路不通！旧诗？又太死板，而且至少有十几年没动那些七庚八葱的东西了；不免出丑。

到底硬联成一首七律，一首不及六十分的七律；心中已高兴非常，有胜于无，好歹不论，正合我的基本哲学。好，再作七首，共合八首；即便没一首“通”的吧，“量”也足惊人不是？中国地大物博，一人能写八首春夜，呀！

唉！湿膝病又犯了，两膝僵肿，精神不振，终日茫然，饭且不思，何暇作诗，只有大喊拉倒，予无能为矣！只凑了三首，再也凑不出。

想另作一篇散文吧，又到了交稿子的时候；况且精神不好，其影响于诗与散文一也；散了吧，好歹的那三首送进去，爱要不要；我就是这个主意！反正无论怎说，我是有诗为证：

（一）

多少春光轻易去？无言花鸟夜如秋。

东风似梦微添醉，小月知心只照愁！

柳样诗思情入影，火般桃色艳成羞。

谁家玉笛三更后？山倚疏星人倚楼。

（二）

一片闲情诗境里，柳风淡淡析声凉。

山腰月少青松黑，篱畔光多玉李黄。
心静渐知春似海，花深每觉影生香。
何时买得田千顷，遍种梧桐与海棠！

（三）

且莫贪眠减却狂，春宵月色不平常！
碧桃几树开蝴蝶，紫燕联肩梦海棠。
花比诗多怜夜短，柳如人瘦为情长。
年来潦倒漂萍似，惯与东风道暖凉。

得看这三大首！五十年之后，准保有许多人给作注解——好诗是不需注解的。我的评注者，一定说我是资本家，或是穷而倾向资本主义者，因为在第二首里，有“何时买得田千顷”之语。好，我先自己作点注吧：我的意思是买山地呀，不是买一千顷良田，全种上花木，而叫农民饿死，不是。比如千佛山两旁的秃山，要全种上海棠，那要多么美，这才是我的梦想。这不怨我说话不清，是律诗自身的别扭；一句非七个字不可，我怎能忽然来句八个九个字的呢？

得了，从此再不受这个罪；《一些印象》也不再续。暑假中好好休息，把腿养好，能加入将来远东运动会的五百哩竞走，得个第一，那才算英雄好汉；诌几句不准多于七个字一句的诗，算得什么！

趵突泉的欣赏

千佛山、大明湖和趵突泉，是济南的三大名胜。现在单讲趵突泉。

在西门外的桥上，便看见一溪活水，清浅，鲜洁，由南向北地流着。这就是由趵突泉流出来的。设若没有这泉，济南定会丢失了一半的美。但是泉的所在地并不是我们理想中的一个美景。这又是个中国人的征服自然的办法，那就是说，凡是自然的恩赐交到中国人手里就会把它弄得丑陋不堪。这块地方已经成了个市场。南门外是一片喊声，几阵臭气，从卖大碗面条与肉包子的棚子里出来。进了门有个小院，差不多是四方的。这里，“一毛钱四块！”和“两毛钱一双！”的喊声，与外面的“吃来”联成一片。一座假山，奇丑；穿过山洞，接联不断的棚子与地摊，东洋布、东洋瓷、东洋玩具、东洋……加劲地表示着中国人怎样热烈地“不”抵制劣货。这里很不易走过去，乡下人一群跟着一群地来，把路塞住。他们没有例外地全买一件东西还三次价，走开又回来摸索四五次。小脚妇女更了不得，你往左躲，她往左扭；你往右躲，她往右扭，反正不许你痛快地过去。

到了池边，北岸上一座神殿，南西东三面全是唱鼓书的茶棚，唱的多半是梨花大鼓，一声“哟”要拉长几分钟，猛听颇像产科医院的病室。除了茶棚还是日货摊子，说点别的吧！

泉太好了。泉池差不多见方，三个泉口偏西，北边便是条小溪流向西门去。看那三个大泉，一年四季，昼夜不停，老那么翻滚。你立定呆呆地看三分钟，你便觉出自然的伟大，使你不敢再正眼去看。永远那么纯洁，永远那么活泼，永远那么鲜明，冒，冒，冒，永不疲乏，永不退缩，只是自然有这样的力量！冬天更好，泉上起了一片热气，白而轻软，在深绿的长的水藻上飘荡着，使你不由得想起一种似乎神秘的境界。

池边还有小泉呢：有的像大鱼吐水，极轻快地上来一串小泡；有的像一串明珠，走到中途又歪下去，真像一串珍珠在水里斜放着；有的半天才上来一个泡，大，扁一点，慢慢地，有姿态地，摇动上来；碎了；看，又来了一个！有的好几串小碎珠一齐挤上来，像一朵攒整齐的珠花，雪白。有的……这比那大泉还更有味。

新近为增加河水的水量，又下了六根铁管，做成六个泉眼，水流得也很旺，但是我还是爱那原来的三个。

看完了泉，再往北走，经过一些货摊，便出了北门。

前年冬天一把大火把泉池南边的棚子都烧了。有机会改造了！造成一个公园，各处安着喷水管！东边作个游泳池！有许多人这样地盼望。可是，席棚又搭好了，渐次改成了木板棚；乡下人只知道趵突泉，把摊子移到“商场”去（就离趵突泉几步）买卖就受损失了；于是“商场”四大皆空，还叫趵突泉作日货销售场；也许有道理。

大明湖之春

北方的春本来就不长，还往往被狂风给七手八脚地刮了走。济南的桃李丁香与海棠什么的，差不多年年被黄风吹得一干二净，地暗天昏，落花与黄沙卷在一处，再睁眼时，春已过去了！记得有一回，正是丁香乍开的时候，也就是下午两三点钟吧，屋中就非点灯不可了；风是一阵比一阵大，天色由灰而黄，而深黄，而黑黄，而漆黑，黑得可怕。第二天去看院中的两株紫丁香，花已像煮过一回，嫩叶几乎全破了！

济南的秋冬，风倒很少，大概都留在春天刮呢。

有这样的风在这儿等着，济南简直可以说没有春天；那么，大明湖之春更无从说起。

济南的三大名胜，名字都起得好：千佛山、趵突泉、大明湖，都多么响亮好听！一听到“大明湖”这三个字，便联想到春光明媚和湖光山色等等，而心中浮现出一幅美景来。事实上，可是，它既不大，又不明，也不湖。

湖中现在已不是一片清水，而是用坝划开的多少块“地”。“地”外留着几条沟，游艇沿沟而行，即是逛湖。水田不需要多么深的水，所以水黑而不清；也不要急流，所以水定而无波。东一块莲，西一块蒲，土坝挡住了水，蒲苇又遮住了莲，一望无景，只见高高低低的“庄稼”。艇行沟内，如穿高粱地然，热气腾腾，碰巧了还臭气烘烘。夏天总算还好，假若水不太臭，多少总能闻到一些荷香，而且必能看到些绿叶儿。春天，则下有黑汤，旁有破烂的土坝；风又那么野，绿柳新蒲东倒西歪，恰似挣命。所以，它既不大，又不明，也不湖。

话虽如此，这个湖到底得算个名胜。湖之不大与不明，都因为湖已不湖。假若能把“地”都收回，拆开土坝，挖深了湖身，它当然可以马上既大且明起来：湖面原本不小，而济南又有的是清凉的泉水呀。这个，也许一时作不到。不过，即使作不到这一步，就现状而言，它还应当算作名胜。北方的城市，要找有这么一片水的，真是好不容易了。千佛山满可以不算数儿，配作个名胜与否简直没多大关系。因为山在北方不是什么难找的东西呀。水，可太难找了。济南城内据说有七十二泉，城外有河，可是还非有个湖不可。泉、池、河、湖，四者俱备，这才显出济南的特色与可贵。它是北方唯一的“水城”，这个湖是少不得的。设若我们游湖时，只见沟而不见湖，请到高处去看看吧，比如在千佛山上往北眺望，则见城北灰绿的一片——大明湖；城外，华鹊二山夹着弯弯的一道灰亮光儿——黄河。这才明白了济南的不凡，不但有水，而且是这样多呀。

况且，湖景若无可观，湖中的出产可是很名贵呀。懂得什么叫作美的人或者不如懂得什么好吃的人多吧，游过苏州的往往只记得此地的点心，逛过西湖的提起来便念叨那里的龙井茶、藕粉与纯菜什么的，吃到肚子里的也许比一过眼的美景更容易记住，那么大明湖的蒲菜、茭白、白花藕，还真许是它驰名天下的重要原因呢。不论怎么说吧，这些东西既都是水产，多少总带着些南国风味；在夏天，青菜挑子上带着一束束的大白莲花骨葖出卖，在北方大概只有济南能这么“阔气”。

我写过一本小说——《大明湖》——在一·二八与商务印书馆一同被火烧掉了。记得我描写过一段大明湖的秋景，词句全想不起来了，只记得是什么什么秋。桑子中先生给我画过一张油画，也画的是大明湖之秋，现在还在我的屋中挂着。我写的，他画的，都是大明湖，而且都是大明湖之秋，这里大概有点意思。对了，只是在秋天，大明湖才有些美呀。济南的四季，唯有秋天最好，晴暖无风，处处明朗。这时候，请到城墙上走走，俯视秋湖，败柳残荷，水平如镜；唯其是秋色，所以连那些残破的土坝也似乎正与一切景物配合：土坝上偶尔有一两截断藕，或一些黄叶的野蔓，配着三五枝芦花，确是有些画意。“庄稼”已都收了，湖显着大了许多，大了当然也就显着明。不仅是湖宽水净，显着明美，抬头向南看，半黄的千佛山就在面前，开元寺那边的“橛子”——大概是个塔吧——静静的立在山头上。往北看，城外的河水很清，菜畦中还生着短短的绿叶。往南往北，往东往西，看吧，处处空阔明朗，有山有湖，有城有河，到这时候，我们真得到个“明”字了。桑先生那张画便是在北城墙上画的，湖边只有几株秋柳，湖中只有一只游艇，水作灰蓝色，柳叶儿半黄。湖外，他画上了千佛山；湖光山色，联成一幅秋图，明朗，素净，柳梢上似乎吹着点不大能觉出来的微风。

对不起，题目是大明湖之春，我却说了大明湖之秋，可谁教亢德先生出错了题呢！

五月的青岛

因为青岛的节气晚，所以樱花照例是在四月下旬才能盛开。樱花一开，青岛的风雾也挡不住草木的生长了。海棠、丁香、桃、梨、苹果、藤萝、杜鹃，都争着开放，墙角路边也都有了嫩绿的叶儿。五月的岛上，到处花香，一清早便听见卖花声。公园里自然无须说了，小蝴蝶花与桂竹香们都在绿草地上用它们的娇艳的颜色结成十字，或绣成几团；那短短的绿树篱上也开着一层白花，似绿枝上挂了一层春雪。就是路上两旁的人家也少不得有些花草：围墙既矮，藤萝往往顺着墙把花穗儿悬在院外，散出一街的香气：那双樱、丁香，都能在墙外看到，双樱的明艳与丁香的素丽，真是足以使人眼明神爽。

山上有了绿色，嫩绿，所以把松柏们比得发黑了一些。谷中不但填满了绿色，而且颇有些野花，有一种似紫荆而色儿略略发蓝的，折来很好插瓶。

青岛的人怎能忘下海呢。不过，说也奇怪，五月的海就仿佛特别的绿，特别的可爱，也许是因为人们心里痛快吧？看一眼路旁的绿叶，再看一眼海，真的，这才明白了什么叫作“春深似海”。绿，鲜绿、浅绿、深绿、黄绿、灰绿，各种的绿色，联接着，交错着，变化着，波动着，一直绿到天边，绿到山脚，绿到渔帆的外边去。风不凉，浪不高，船缓缓地走，燕低低地飞，街上的花香与海上的咸味混到一处，浪漾在空中，水在面前，而绿意无限，可不是，春深似海！欢喜，要狂歌，要跳入水中去，可是只能默默无言，心好像飞到天边上那将将能看到的小岛上去，一闭眼仿佛还看见一些桃花。人面桃花相映红，必定是在那小岛上。

这时候，遇上风与雾便还须穿上棉衣，可是有一天忽然响晴，夹衣就正合适。但无论怎说吧，人们反正都放了心——不会大冷了，不会。妇女们最先知道这个，早早地就穿出利落的新装，而且决定不再脱下去。海岸上，微风吹动少女们的发与衣，何必再去到电影园中找那有画意的景儿呢！这里是初春浅夏的合响，风里带着春寒，而花草山水又似初夏，意在春而景如夏，姑娘们总先走一步，迎上前去，跟花们竞争一下，女性的伟大几乎不是颓废诗人所能明白的。

人似乎随着花草都复活了，学生们特别地忙：换制服，开运动会，到崂山丹山旅行，服劳役。本地的学生忙，别处的学生也来参观，几个、几十、几百，打着旗子来了，又成着队走开，男的、女的、先生、学生，都累得满头是汗，而仍不住地向那大海丢眼。学生以外，该数小孩最快活，笨重的衣服脱去，可以到公园跑跑了；一冬天不见猴子了，现在又带着花生去喂猴子、看鹿。拾花瓣，在草地上打滚；妈妈说了，过几天还有大红樱桃吃呢！

马车都新油饰过，马虽依然清瘦，而车辆体面了许多，好作一夏天的买卖呀。新油过的马车穿过街心，那专作夏天的生意的咖啡馆、酒馆、旅社、饮冰室，也找来油漆匠，扫去灰尘，油饰一新。油漆匠在交手上忙，路旁也增多了由各处来的舞女。预备呀，忙碌呀，都红着眼等着那避暑的外国战舰与各处的阔人。多嗒浴场上有了人影与小艇，生意便比花草还茂盛呀。到那时候，青岛几乎不属于青岛的人了，谁的钱多谁更威风，汽车的眼是不会看山水的。

那么，且让我们自己尽量地欣赏五月的青岛吧！

青岛与山大

北中国的景物是由大漠的风与黄河的水得到色彩与情调：荒、燥、寒、旷、灰黄，在这以尘沙为雾，以风暴为潮的北国里，青岛是颗绿珠，好似偶然地放在那黄色地图的边儿上。在这里，可以遇见真的雾，轻轻地在花林中流转，愁人的雾笛仿佛像一种特有的鹃声。在这里，北方的狂风还可以袭入，激起的却是浪花；南风一到，就要下些小雨了。在这里，春来的很迟，别处已是端阳，这里刚好成为锦绣的乐园，到处都是春花。这里的夏天根本用不着说，因为青岛与避暑永远是相联的。其实呢，秋天更好：有北方的晴爽，而不显着干燥，因为北方的天气在这里被海给软化了；同时，海上的湿气又被凉风吹散，结果是天与海一样的蓝，湿与燥都不走极端；虽然大雁还是按时候向南飞，可是此地到菊花时节依然是很暖和的。在海边的微风里，看高远深碧的天上飞着雁字，真能使人暂时忘了一切，即使欲有所思，大概也只有赞美青岛吧。冬天可实在不能令人满意，有相当的冷，也有不小的风。但是，这里的房屋不像北平的那样以纸糊窗，街道上也没有尘土，于是冷与风的厉害就减少了一些。再说呢，夏季的青岛是中外有钱有闲的人们的娱乐场所，因为他们与她们都是来享福取乐，所以不惜把壮丽的山海弄成烟酒香粉的世界。到了冬天，他们与她们都另寻出路，把山海自然之美交给我们久住青岛的人。雪天，我们可以到栈桥去望那美若白莲的远岛；风天，我们可以在夜里听着寒浪的击荡。就是不风不雪，街上的行人也不甚多，到处呈现着严肃的气象，我们也可以吐一口气，说：这是山海的真面目。

一个大学或者正像一个人，他的特色总多少与它所在的地方有些关系。山大虽然成立了不多年，但是它既在青岛，就不能不带些青岛味儿。这也就是常常引起人家误解的地方。一般地说，人们大概会这样想：山大立在青岛恐怕不大合适吧？舞场、咖啡馆、电影院、浴场……在花花世界里能安心读书吗？这种因爱护而担忧的猜想，正是我们所愿解答的。在前面，我们叙述了青岛的四时：青岛之有夏，正如青岛之有冬；可是一般人似乎只知其夏，不知其冬，猜测多半由此而来。说真的，山大所表现的精神是青岛的冬。是呀，青岛忙的时候也是山大忙的时候，学会咧，参观团咧，讲习会咧，有时候同时借用山大作会场或宿舍，热忙非常。但这总是在夏天，夏天我们也放假呀。当我们上课的期间，自秋至冬，自冬至初夏，青岛差不多老是静寂的。春山上的野花，秋海上的晴霞，是我们的，避暑的人们大概连想也没想到过。至于冬日寒风恶月里的寂苦，或者也只有我们的读书声与足球场上的欢笑可与相抗；稍微贪点热闹的人恐怕连一个星期也住不下去。我常说，能在青岛住过一冬的，就有修仙的资格。我们的学生在这里一住就是四冬啊！他们不会在毕业时候都成为神仙——大概也没人这样期望他们——可是他们的静肃态度已经养成了。一个没到过山大的人，也许容易想到，青岛既是富有洋味的地方，当然山大的学生也得洋服啷当的，像些华侨子弟似的。根本没有这一回事。山大的校舍是昔年的德国兵营，虽然在改作学校之后，院中铺满短草，道旁也种上了玫瑰，可是它总脱不了营房的严肃气象。学校的后面左面都是小山，挺立着一些青松，我们每天早晨一抬头就看见山石与松林之美，但不是柔媚的那一种。学校里我们设若打扮得怪漂亮的，即使没人多看两眼，也觉得仿佛有些不得劲儿。整个的严肃空气不许我们漂亮，到学校外去，依然用不着修饰。六七月之间，此处固然是万紫千红，士女如云，好一片摩登景象了。可是过了暑期，海边上连个人影也没有；我们大概用不着花花绿绿的去请白鸥与远帆来看吧？因此，山大虽在青岛，而很少洋味儿，制服以外，蓝布大衫是第二制服。就是在六七月最热闹的时候，我们还是如此，因为朴素成了风气，蓝布大衫一穿大有“众人摩登我独古”的气概。

还有呢，不管青岛是怎样西洋化了的都市，它到底是在山东。“山东”二字满可以用作朴俭静肃的象征，所以山大——虽然学生不都是山东人——不但是个北方大学，而且是北方大学中最带“山东”精神的一个。我们常到崂山去玩，可是我们的眼却望着泰山，仿佛是。这个精神使我们朴素，使我们能吃苦，使我们静默。往好里说，我们是有一种强毅的精神；往坏里讲，我们有点乡下气。不过，即使我们真有乡下气，我们也会自傲地说，我们是在这儿矫正那有钱有闲来此避暑的那种奢华与虚浮的摩登，因为我们是一群“山东儿”——虽然是在青岛，而所表现的是青岛之冬。

至于沿海上停着的各国军舰，我们看见的最多，此地的经济权在谁何之手，我们知道的最清楚；这些——还有许多别的呢——时时刻刻刺激着我们，警告着我们，我们的外表朴素，我们的生活单纯，我们却有颗红热的心。我们眼前的青山碧海时时对我们说：国破山河在！于此，青岛与山大就有了很大的意义。

非正式的公园

济南的公园似乎没有引动我描写它的力量，虽然我还想写那么一两句；现在我要写的地方，虽不是公园，可是确比公园强的多，所以——非正式的公园；关于那正式的公园，只好，虽然还想写那么一两句，待之将来。

这个地方便是齐鲁大学，专从风景上看。齐大在济南的南关外，空气自然比城里的新鲜，这已得到成个公园的最要条件。花木多，又有了成个公园的资格。确是有许多人到那里玩，意思是拿它当作——非正式的公园。

逛这个非正式的公园以夏天为最好。春天花多，秋天树叶美，但是只在夏天才有“景”，冬天没有什么特色。

当夏天，进了校门便看见一座绿楼，楼前一大片绿草地，楼的四周全是绿树，绿树的尖上浮着一两个山峰，因为绿树太密了，所以看不见树后的房子与山腰，使你猜不到绿荫后边还有什么；深密伟大，你不由的深吸一口气。绿楼？真的，“爬山虎”的深绿肥大的叶一层一层地把楼盖满，只露着几个白边的窗户；每阵小风，使那层层的绿叶掀动，横着竖着都动得有规律，一片壁立的绿浪。

往里走吧，沿着草地——草地边上不少的小蓝花呢——到了那绿荫深处。这里都是枫树，树下四条洁白的石凳，围着一片花池。花池里虽没有珍花异草，可是也有可观；况且往北有一条花径，全是小红玫瑰。花径的北端有两大片洋葵，深绿叶，浅红花；这两片花的后面又有一座楼，门前的白石阶栏像享受这片鲜花的神龛。楼的高处，从绿槐的密叶的间隙里看到，有一个大时辰钟。

往东西看，西边是一进校门便看见的那座楼的侧面与后面，与这座楼平行，花池东边还有一座；这两座楼的侧面山墙，也都是绿的。花径的南端是白石的礼堂，堂前开满了百日红，壁上也被绿蔓爬匀。那两座楼后，两大片草地，平坦，深绿，像张绿毯。这两块草地的南端，又有两座楼，四周围蔷薇作成短墙。设若你坐在石凳上，无论往哪边看，视线所及不是红花，便是绿叶；就是往上下看吧：下面是绿草、红花与树影；上面是绿枫树叶。往平里看，有时从树隙花间看见女郎的一两把小白伞，有时看男人的白大衫。伞上衫上时时落上些绿的叶影。人不多，因为放暑假了。

拐过礼堂，你看见南面的群山，绿的。山前的田，绿的。一个绿海，山是那些高的绿浪。礼堂的左右，东西两条绿径，树阴很密，几乎见不着阳光。顺着这绿径走，不论是往西往东，你看见些小的楼房，每处有个小花园。园墙都是矮松做的。

春天的花多，特别是丁香和玫瑰，但是绿得不到家。秋天的红叶美，可是草变黄了。冬天树叶落净，在园中便看见了山的大部分，又欠深远的意味。只有夏天，一切颜色消沉在绿的中间，由地上一直绿到树上浮着的绿山峰，成为以绿为主色的一景。

春风

济南与青岛是多么不相同的地方呢！一个设若比作穿肥袖马褂的老先生，那一个便应当是摩登的少女。可是这两处不无相似之点。拿气候说吧，济南的夏天可以热死人，而青岛是有名的避暑所在；冬天，济南也比青岛冷。但是，两地的春秋颇有点相同。济南到春天多风，青岛也是这样；济南的秋天是长而晴美，青岛亦然。

对于秋天，我不知应爱哪里的：济南的秋是在山上，青岛的是海边。济南是抱在小山里的；到了秋天，小山上的草色在黄绿之间，松是绿的，别的树叶差不多都是红与黄的。就是那没树木的山上，也增多了颜色——日影、草色、石层，三者能配合出种种的条纹，种种的影色。配上那光暖的蓝空，我觉到一种舒适安全，只想在山坡上似睡非睡地躺着，躺到永远。青岛的山——虽然怪秀美——不能与海相抗，秋海的波还是春样的绿，可是被清凉的蓝空给开拓出老远，平日看不见的小岛清楚地点在帆外。这远到天边的绿水使我不愿思想而不得不思想；一种无目的的思虑，要思虑而心中反倒空虚了些。济南的秋给我安全之感，青岛的秋引起我甜美的悲哀。我不知应当爱哪个。

两地的春可都被风给吹毁了。所谓春风，似乎应当温柔，轻吻着柳枝，微微吹皱了水面，偷偷地传送花香，同情地轻轻掀起禽鸟的羽毛。济南与青岛的春风都太粗猛。济南的风每每在丁香海棠开花的时候把天刮黄，什么也看不见，连花都埋在黄暗中，青岛的风少一些沙土，可是狡猾，在已很暖的时节忽然来一阵或一天的冷风，把一切都送回冬天去，棉衣不敢脱，花儿不敢开，海边翻着愁浪。

两地的风都有时候整天整夜地刮。春夜的微风送来雁叫，使人似乎多些希望。整夜的大风，门响窗户动，使人不英雄地把头埋在被子里；即使无害，也似乎不应该如此。对于我，特别觉得难堪。我生在北方，听惯了风，可也最怕风。听是听惯了，因为听惯才知道那个难受劲儿。它老使我坐卧不安，心中游游摸摸的，干什么不好，不干什么也不好。它常常打断我的希望：听见风响，我懒得出门，觉得寒冷，心中渺茫。春天仿佛应当有生气，应当有花草，这样的野风几乎是不可原谅的！我倒不是个弱不禁风的人，虽然身体不很足壮。我能受苦，只是受不住风。别种的苦处，多少是在一个地方，多少有个原因，多少可以设法减除；对风是干没办法。总不在一个地方，到处随时使我的脑子晃动，像怒海上的船。它使我说不出为什么苦痛，而且没法子避免。它自由地刮，我死受着苦。我不能和风去讲理或吵架。单单在春天刮这样的风！可是跟谁讲理去呢？苏杭的春天应当没有这不得人心的风吧？

我不准知道，而希望如此。好有个地方去“避风”呀！

可爱的成都

到成都来，这是第四次。第一次是在四年前，住了五六天，参观全城的大概。第二次是在三年前，我随同西北慰劳团北征，路过此处，故仅留二日。第三次是慰劳归来，在此小住，留四日，见到不少的老朋友。这次——第四次——是受冯焕璋先生之约，去游灌县与青城山，由上山下来，顺便在成都玩几天。

成都是个可爱的地方。对于我，它特别的可爱，因为：（一）我是北平人，而成都有许多与北平相似之处，稍稍使我减去些乡思。到抗战胜利后，我想，我总会再来一次，多住些时候，写一部以成都为背景的小说。在我的心中，地方好像也都像人似的，有个性格。我不喜上海，因为我抓不住它的性格，说不清它到底是怎么一回事。我不能与我所不明白的人交朋友，也不能描写我所不明白的地方。对成都，真的，我知道的事情太少了；但是，我相信会借它的光儿写出一点东西来。我似乎已看到了它的灵魂，因为它与北平相似。

（二）我有许多老友在成都。有朋友的地方就是好地方。这诚然是个人的偏见，可是恐怕谁也免不了这样去想吧。况且成都的本身已经是可爱的呢。八年前，我曾在齐鲁大学教过书。七七抗战后，我由青岛移回济南，仍住齐大。我由济南流亡出来，我的妻小还留在齐大，住了一年多。齐大在济南的校舍现在已被敌人完全占据，我的朋友们的一切书籍器物已被劫一空，那么，今天又能在成都会见其患难的老友，是何等的快乐呢！衣物、器具、书籍，丢失了有什么关系！我们还有命，还能各守岗位的去忍苦抗敌，这就值得共进一杯酒了！抗战前，我在山东大学也教过书。这次，在华西坝，无意中的也遇到几位山大的老友，“惊喜欲狂”一点也不是过火的形容。一个人的生命，我以为，是一半儿活在朋友中的。假若这句话没有什么错误，我便不能不“因人及地”的喜爱成都了。啊，这里还有几十位文艺界的友人呢！与我的年纪差不多的，如郭子杰、叶圣陶、陈翔鹤诸先生，握手的时节，不知为何，不由的就彼此先看看头发——都有不少根白的了，比我年纪轻一点的呢，虽然头发不露痕迹，可是也显着削瘦，霜鬓瘦脸本是应该引起悲愁的事，但是，为了抗战而受苦，为了气节而不肯折腰，瘦弱衰老不是很自然的结果么？这真是悲喜俱来，另有一番滋味了！

（三）我爱成都，因为它有手有口。先说手，我不爱古玩，第一因为不懂，第二因为没有钱。我不爱洋玩艺，第一因为它们洋气十足，第二因为没有美金。虽不爱古玩与洋东西，但是我喜爱现代的手造的相当美好的小东西。假若我们今天还能制造一些美好的物件，便是表示了我们民族的爱美性与创造力仍然存在，并不逊于古人。中华民族在雕刻、图画、建筑、制铜、造瓷……上都有特殊的天才。这种天才在造几张纸，制两块墨砚，打一张桌子，漆一两个小盒上都随时的表现出来。美的心灵使他们的手巧。我们不应随便丢失了这颗心。因此，我爱现代的手造的美好的东西。北平有许多这样的好东西，如地毯、珐琅、玩具……但是北平还没有成都这样多。成都还存着我们民族的巧手。我绝对不是反对机械，而只是说，我们在大的工业上必须采取西洋方法，在小工业上则须保存我们的手。谁知道这二者有无调谐的可能呢？不过，我想，人类文化的明日，恐怕不是家家造大炮，户户有坦克车，而是要以真理代替武力，以善美代替横暴。果然如此，我们便应想一想是否该把我们的心灵也机械化了吧？次说口：成都人多数健谈。文化高的地方都如此，因为“有”话可讲。但是，这且不在话下。

这次，我听到了川剧、洋琴与竹琴。川剧的复杂与细腻，在重庆时我已领略了一点。到成都，我才听到真好的川剧。很佩服贾佩之，萧楷成，周企何诸先生的口。我的耳朵不十分笨，连昆曲——听过几次之后——都能哼出一句半句来。可是，已经听过许多次川剧，我依然一句也哼不出。它太复杂，在牌子上，在音域上，恐怕它比任何中国的歌剧都复杂的好多。我希望能用心地去学几句。假若我能哼上几句川剧来，我想，大概就可以不怕学不会任何别的歌唱了。竹琴本很简单，但在贾树三的口中，它变成极难唱的东西。他不轻易放过一个字去，他用气控制着情，他用“抑”逼出“放”，他由细嗓转到粗嗓而没有痕迹。我很希望成都的口，也和它的手一样，能保存下来。我们不应拒绝新的音乐，可也不应把旧的扫灭。恐怕新旧相通，才能产生新的而又是民族的东西来吧。

还有许多话要说，但是很怕越说越没有道理，前边所说的那一点恐怕已经是胡涂话啊！且就这机会谢谢侯宝璋先生给我在他的客室里安了行军床，吴先忧先生领我去看戏与洋琴，文协分会会员的招待，与朋友们的赏酒饭吃！

青蓉略记

今年八月初，陈家桥一带的土井已都干得滴水皆无。要水，须到小河湾里去“挖”。天既奇暑，又没水喝，不免有些着慌了。很想上缙云山去“避难”，可是据说山上也缺水。正在这样计无从出的时候，冯焕璋先生来约同去灌县与青城。这真是福自天来了！

八月九日晨出发。同行者还有赖亚力与王冶秋二先生，都是老友，路上颇不寂寞。在来凤驿遇见一阵暴雨，把行李打湿了一点，临时买了一张席子遮在车上。打过尖，雨已晴，一路平安地到了内江。内江比二三年前热闹得多了，银行和饭馆都新增了许多家。傍晚，街上挤满了人和车。次晨七时又出发，在简阳吃午饭。下午四时便到了成都。天热，又因明晨即赴灌县，所以没有出去游玩。夜间下了一阵雨。

十一日早六时向灌县出发，车行甚缓，因为路上有许多小渠。路的两旁都有浅渠，流着清水；渠旁便是稻田：田埂上往往种着薏米，一穗穗的垂着绿珠。往西望，可以看见雪山。近处的山峰碧绿，远处的山峰雪白，在晨光下，绿的变为明翠，白的略带些玫瑰色，使人想一下子飞到那高远的地方去。还不到八时，便到了灌县。城不大，而处处是水，像一位身小而多乳的母亲，滋养着川西坝子的十好几县。

住在任觉五先生的家中。孤零零的一所小洋房，两面都是雪浪激流的河，把房子围住，门前终日几乎没有一个行人，除了水声也没有别的声音。门外有些静静的稻田，稻子都有一人来高。远望便见到大面青城雪山，都是绿的。院中有一小盆兰花，时时放出香味。

青年团正在此举行夏令营，一共有千名以上的男女学生，所以街上特别的显着风光。学生和职员都穿汗衫短裤（女的穿短裙），赤脚着草鞋，背负大草帽，非常的精神。张文白将军与易君左先生都来看我们，也都是“短打扮”，也就都显着年轻了好多。夏令营本部在公园内，新盖的礼堂，新修的游泳池；原有一块不小的空场，即作为运动和练习骑马的地方。女学生也练习马术，结队穿过街市的时候，使居民们都吐吐舌头。

灌县的水利是世界闻名的。在公园后面的一座大桥上，便可以看到滚滚的雪水从离堆流进来。在古代，山上的大量雪水流下来，非河身所能容纳，故时有水患。后来，李冰父子把小山硬凿开一块，水乃分流——离堆便在凿开的那个缝子的旁边。从此双江分灌，到处划渠，遂使川西平原的十四五县成为最富庶的区域——只要灌县的都江堰一放水，这十几县便都不下雨也有用不完的水了。城外小山上有二王庙，供养的便是李冰父子。在庙中高处可以看见都江堰的全景。在两江未分的地方，有驰名的竹索桥。距桥不远，设有鱼嘴，使流水分家，而后一江外行，一江入离堆，是为内外江。到冬天，在鱼嘴下设阻碍，把水截住，则内江干涸，可以淘滩。春来，撤去阻碍，又复成河。据说，每到春季开水的时候，有多少万人来看热闹。在二王庙的墙上，刻着古来治水的格言，如深淘滩、低作堰……细细玩味这些格言，再看着江堰上那些实际的设施，便可以看出来，治水的诀窍只有一个字——“软”。水本力猛，遇阻则激而决溃，所以应低作堰，使之轻轻漫过，不至出险。水本急流而下，波涛汹涌，故中设鱼嘴，使分为二，以减其力；分而又分，江乃成渠，力量分散，就有益而无损了。作堰的东西只是用竹编的篮子，盛上大石卵。竹有弹性，而石卵是活动的，都可以用“四两破千斤”的劲儿对付那惊涛骇浪。用分化与软化对付无情的急流，水便老实起来，乖乖的为人们灌田了。

竹索桥最有趣。两排木柱，柱上有四五道竹索子，形成一条窄胡同儿。下面再用竹索把木板编在一处，便成了一座悬空的，随风摇动的，大桥。我在桥上走了走，虽然桥身有点动摇，虽然木板没有编紧，还看得到下面的急流——看久了当然发晕——可是绝无危险，并不十分难走。

治水和修构竹索桥的方法，我想，不定是经过多少年代的试验与失败，而后才得到成功的。而所谓文明者，我想，也不过就是能用尽心智去解决切身的问题而已。假若不去下一番功夫，而任着水去泛滥，或任着某种自然势力兴灾作祸，则人类必始终是穴居野处，自生自灭，以至灭亡。看到都江堰的水利与竹索桥，我们知道我们的祖先确有不甘屈服而苦心焦虑地去克服困难的精神。可是，在今天，我们还时时听到看到各处不是闹旱便是闹水，甚至于一些蝗虫也能教我们去吃树皮草根。可怜，也可耻呀！我们连切身的衣食问题都不去设法解决，还谈什么文明与文化呢?

灌县城不大，可是东西很多。在街上，随处可以看到各种的水果，都好看好吃。在此处，我看到最大的鸡卵与大蒜大豆。鸡蛋虽然已卖到一元二角一个，可是这一个实在比别处的大着一倍呀。雪山的大豆要比胡豆还大。雪白发光，看着便可爱！药材很多，在随便的一家小药店里，便可以看到雷震子、贝母、虫草、熊胆、麝香，和多少说不上名儿来的药物。看到这些东西，使人想到西边的山地与草原里去看一看。啊，要能到山中去割几脐麝香，打几匹大熊，够多威武而有趣呀！

物产虽多，此地的物价可也很高。只有吃茶便宜，城里五角一碗，城外三角，再远一点就卖二角了。青城山出茶，而遍地是水，故应如此。等我练好辟谷的工夫，我一定要搬到这一带来住，不吃什么，只喝两碗茶，或者每天只写二百字就够生活的了。

在灌县住了十天。才到青城山去。山在县城西南，约四十里。一路上，渠溪很多，有的浑黄，有的清碧：浑黄的大概是上流刚下了大雨。溪岸上往往有些野花，在树荫下幽闲地开着。山口外有长生观，今为荫堂中学校舍；秋后，黄碧野先生即在此教书。入了山，头一座庙是建福宫，没有什么可看的。由此拾阶而前，行五里，为天师洞——我们即住于此。由天师洞再往上走，约三四里，即到上清宫。天师洞上清宫是山中两大寺院，都招待游客，食宿概有定价，且甚公道。

从我自己的一点点旅行经验中，我得到一个游山玩水的诀窍：“风景好的地方，虽然古迹，也值得来，风景不好的地方，纵有古迹，大可以不去。”古迹，十之八九，是会使人失望的。以上清宫和天师洞两大道院来说吧，它们都有些古迹，而一无足观。上清宫里有鸳鸯井，也不过是一井而有二口，一方一圆，一干一湿；看它不看，毫无关系。还有麻姑池，不过是一小方池浊水而已。天师洞里也有这类的东西，比如洗心池吧，不过是很小的一个水池；降魔石呢，原是由山崖裂开的一块石头，而硬说是被张天师用剑劈开的。假若没有这些古迹，这两座庙子的优美自然一点也不减少。上清宫在山头，可以东望平原，青碧千顷；山是青的，地也是青的，好像山上的滴翠慢慢流到人间去了的样子。在此，早晨可以看日出，晚间可以看圣灯；就是白天没有什么特景可观的时候，登高远眺，也足以使人心旷神怡。天师洞，与上清宫相反，是藏在山腰里，四面都被青山环抱着，掩护着，我想把它叫作“抱翠洞”，也许比原名更好一些。

不过，不管庙宇如何，假若山林无可观，就没有多大意思，因为庙以庄严整齐为主，成不了什么很好的景致。青城之值得一游，正在乎山的本身也好；即使它无一古迹，无一大寺，它还是值得一看的名山。山的东面倾斜，所以长满了树木，这占了一个“青”字。山的西面，全是峭壁千丈，如城垣，这占了一个“城”字。山不厚，由“青”的这一头转到“城”的那一面，只须走几里路便够了。山也不算高。山脚至顶不过十里路。既不厚，又不高，按说就必平平无奇了。但是不然。它“青”，青得出奇，它不像深山老峪中那种老松凝碧的深绿，也不像北方山上的那种东一块西一块的绿，它的青色是包住了全山，没有露着山骨的地方；而且，这个笼罩全山的青色是竹叶，楠叶的嫩绿，是一种要滴落的，有些光泽的，要浮动的，淡绿。这个青色使人心中轻快，可是不敢高声呼唤，仿佛怕把那似滴未滴，欲动未动的青翠惊坏了似的。这个青色是使人吸到心中去的，而不是只看一眼，夸赞一声便完事的。当这个青色在你周围，你便觉出一种恬静，一种说不出，也无须说出的舒适。假若你非去形容一下不可呢，你自然的只会找到一个字——幽。所以，吴稚晖先生说："青城天下幽。"幽得太厉害了，便使人生畏；青城山却正好不太高，不太深，而恰恰不大不小的使人既不畏其旷，也不嫌它窄；它令人能体会到"悠然见南山"的那个"悠然"。

山中有报更鸟，每到晚间，即梆梆地呼叫，和柝声极相似，据道人说，此鸟不多，且永不出山。那天，寺中来了一队人，拿着好几枝猎枪，我很为那几只会击柝的小鸟儿担心，这种鸟儿有个缺欠，即只能打三更——梆，梆梆——无论是傍晚还是深夜，它们老这么叫三下。假若能给它们一点训练，教它们能从一更报到五更，有多么好玩呢！

白日游山，夜晚听报更鸟，"悠悠"地就过了十几天。寺中的桂花开始放香，我们恋恋不舍地离别了道人们。

返灌县城，只留一夜，即回成都。过郫县，我们去看了看望丛祠；没有什么好看的，地方可是很清幽，王法勤委员即葬于此。

成都的地方大，人又多，若把半个多月的旅记都抄写下来，未免太麻烦了。拣几项来随便谈谈吧。

（一）成都文协分会：自从川大迁开，成都文协分会因短少了不少会员，会务曾经有过一个时期不大旺炽。此次过蓉，分会全体会员举行茶会招待，到会的也还有四十多人，并不太少。会刊——《笔阵》——也由几小页扩充到好十几页的月刊，虽然月间经费不过才有百元钱。这样的努力，不能不令人钦佩！可惜，开会时没有见到李劼人先生，他上了乐山。《笔阵》所用的纸张，据说，是李先生设法给捐来的；大家都很感激他；有了纸，别的就容易办得多了。会上，也没见到圣陶先生，可是过了两天，在开明分店见到。他的精神很好，只是白发已满了头。他的少爷们，他告诉我，已写了许多篇小品文，预备出个集子，想找我作序，多么有趣的事啊！郭子杰先生陶雄先生都约我吃饭，牧野先生陪着我游看各处，还有陈翔鹤，车瘦舟诸先生约我聚餐——当然不准我出钱——都在此致谢。瞿冰森先生和中央日报的同仁约我吃真正成都味的酒席，更是感激不尽。

（二）看戏：吴先忧先生请我看了川剧，及贾瞎子的竹琴，德娃子的洋琴，这是此次过蓉最快意的事。成都的川剧比重庆的好得多，况且我们又看的是贾佩之、肖楷成、周慕莲、周企何几位名手，就更觉得出色了。不过，最使我满意的，倒还是贾瞎子的竹琴。乐器只有一鼓一板，腔调又是那么简单，可是他唱起来仿佛每一个字都有些魔力，他越收敛，听者越注意静听，及至他一放音，台下便没法不喝彩了。他的每一个字像一个轻打梨花的雨点，圆润轻柔；每一句是有声有色的一小单位；真是字字有力，句句含情。故事中有多少人，他要学多少人，忽而大嗓，忽而细嗓，而且不只变嗓，还要咬音吐字各尽其情；这真是点本领！希望再有上成都去的机会。多听他几次！

（三）看书：在蓉，住在老友侯宝璋大夫家里。虽是大夫，他却极喜爱字画。有几块闲钱，他便去买破的字画；这样，慢慢地他已收集了不少四川先贤的手迹。这样，他也就与西玉龙街一带的古玩铺及旧书店都熟识了。他带我去游玩，总是到这些旧纸堆中来。成都比重庆有趣就在这里——有旧书摊儿可逛。买不买的且不去管，就是多摸一摸旧纸陈篇也是快事啊。真的，我什么也没买，书价太高。可是，饱了眼福也就不虚此行。一般地说，成都的日用品比重庆的便宜一点，因为成都的手工业相当的发达，出品既多，同业的又多在同一条街上售货，价格当然稳定一些。鞋、袜、牙刷、纸张什么的，我看出来，都比重庆的相因着不少。旧书虽贵，大概也比重庆的便宜，假若能来往贩卖，也许是个赚钱的生意。不过，我既没发财的志愿，也就不便多此一举，虽然贩卖旧书之举也许是俗不伤雅的吧。

（四）归来：因下雨，过至中秋前一日才动身返渝。中秋日下午五时到陈家桥，天还阴着。夜间没有月光，马马虎虎地也就忘了过节。这样也好，省得看月思乡，又是一番难过！

想北平

设若让我写一本小说，以北平作背景，我不至于害怕，因为我可以捡着我知道的写，而躲开我所不知道的。让我单摆浮搁地讲一套北平，我没办法。北平的地方那么大，事情那么多，我知道的真觉太少了，虽然我生在那里，一直到廿七岁才离开。以名胜说，我没到过陶然亭，这多可笑！以此类推，我所知道的那点只是“我的北平”，而我的北平大概等于牛的一毛。

可是，我真爱北平。这个爱几乎是要说而说不出的。我爱我的母亲。怎样爱？我说不出。在我想作一件讨她老人家喜欢的时候，我独自微微地笑着；在我想到她的健康而不放心的时候，我欲落泪。言语是不够表现我的心情的，只有独自微笑或落泪才足以把内心揭露在外面一些来。我之爱北平也近乎这个。夸奖这个古城的某一点是容易的，可是那就把北平看得太小了。我所爱的北平不是枝枝节节的一些什么，而是整个儿与我的心灵相粘合的一段历史，一大块地方，多少风景名胜，从雨后什刹海的蜻蜓一直到我梦里的玉泉山的塔影，都积凑到一块，每一小的事件中有个我，我的每一思念中有个北平，这只有说不出而已。

真愿成为诗人，把一切好听好看的字都浸在自己的心血里，像杜鹃似的啼出北平的俊伟。啊！我不是诗人！我将永远道不出我的爱，一种像由音乐与图画所引起的爱。这不但是辜负了北平，也对不住我自己，因为我的最初的知识与印象都得自北平，它是在我的血里，我的性格与脾气里有许多地方是这古城所赐给的。我不能爱上海与天津，因为我心中有个北平。可是我说不出来！

伦敦、巴黎、罗马与堪司坦丁堡，曾被称为欧洲的四大“历史的都城”。我知道一些伦敦的情形；巴黎与罗马只是到过而已；堪司坦丁堡根本没有去过。就伦敦、巴黎、罗马来说，巴黎更近似北平——虽然“近似”两字要拉扯得很远——不过，假使让我“家住巴黎”，我一定会和没有家一样的感到寂苦。巴黎，据我看，还太热闹。自然，那里也有空旷静寂的地方，可是又未免太旷；不像北平那样既复杂而又有个边际，使我能摸着——那长着红酸枣的老城墙！面向着积水潭，背后是城墙，坐在石上看水中的小蝌蚪或苇叶上的嫩蜻蜓，我可以快乐地坐一天，心中完全安适，无所求也无可怕，像小儿安睡在摇篮里。是的，北平也有热闹的地方，但是它和太极拳相似，动中有静。巴黎有许多地方使人疲乏，所以咖啡与酒是必要的，以便刺激；在北平，有温和的香片茶就够了。论说巴黎的布置已比伦敦罗马匀调的多了，可是比上北平还差点事儿。北平在人为之中显出自然，几乎是什么地方既不挤得慌，又不太僻静：最小的胡同里的房子也有院子与树；最空旷的地方也离买卖街与住宅区不远。这种分配法可以算——在我的经验中——天下第一了。北平的好处不在处处设备得完全，而在它处处有空儿，可以使人自由地喘气；不在有好些美丽的建筑，而在建筑的四围都有空闲的地方，使它们成为美景。每一个城楼，每一个牌楼，都可以从老远就看见。况且在街上还可以看见北山与西山呢！

好学的，爱古物的，人们自然喜欢北平，因为这里书多古物多。我不好学，也没钱买古物。对于物质上，我却喜爱北平的花多菜多果子多。花草是种费钱的玩艺，可是此地的“草花儿”很便宜，而且家家有院子，可以花不多的钱而种一院子花，即使算不了什么，可是到底可爱呀。墙上的牵牛，墙根的靠山竹与草茉莉，是多么省钱省事而也足以招来蝴蝶呀！至于青菜、白菜、扁豆、毛豆角、黄瓜、菠菜等等，大多数是直接由城外担来而送到家门口的。雨后，韭菜叶上还往往带着雨时溅起的泥点。青菜摊子上的红红绿绿几乎有诗似的美丽。果子有不少是由西山与北山来的，西山的沙果、海棠，北山的黑枣、柿子，进了城还带着一层白霜儿呀！哼，美国的橘子包着纸；遇到北平的带霜儿的玉李，还不愧杀！

是的，北平是个都城，而能有好多自己产生的花、菜、水果，这就使人更接近了自然。从它里面说，它没有像伦敦的那些成天冒烟的工厂；从外面说，它紧连着园林，菜圃与农村。采菊东篱下，在这里，确是可以悠然见南山的；大概把“南”字变个“西”或“北”，也没有多少了不得的吧。像我这样的一个贫寒的人，或者只有在北平能享受一点清福了。好，不再说了吧；要落泪了，真想念北平呀！

生活需要点生机勃勃

随/时/的/自/在

猫

猫的性格实在有些古怪。说它老实吧，它的确有时候很乖。它会找个暖和地方，成天睡大觉，无忧无虑。什么事也不过问。可是，赶到它决定要出去玩玩，就会走出一天一夜，任凭谁怎么呼唤，它也不肯回来。说它贪玩吧，的确是呀，要不怎么会一天一夜不回家呢？可是，及至它听到点老鼠的响动啊，它又多么尽职，闭息凝视，一连就是几个钟头，非把老鼠等出来不拉倒！

它要是高兴，能比谁都温柔可亲：用身子蹭你的腿，把脖儿伸出来要求给抓痒，或是在你写稿子的时候，跳上桌来，在纸上踩印几朵小梅花。它还会丰富多腔地叫唤，长短不同，粗细各异，变化多端，力避单调。在不叫的时候，它还会咕噜咕噜地给自己解闷。这可都凭它的高兴。它若是不高兴啊，无论谁说多少好话，它一声也不出，连半个小梅花也不肯印在稿纸上！它倔强得很！

是，猫的确是倔强。看吧，大马戏团里什么狮子、老虎、大象、狗熊，甚至于笨驴，都能表演一些玩艺儿，可是谁见过耍猫呢？（昨天才听说：苏联的某马戏团里确有耍猫的，我当然还没亲眼见过。）

这种小动物确是古怪。不管你多么善待它，它也不肯跟着你上街去逛逛。它什么都怕，总想藏起来。可是它又那么勇猛，不要说见着小虫和老鼠，就是遇上蛇也敢斗一斗。它的嘴往往被蜂儿或蝎子螫的肿起来。

赶到猫儿们一讲起恋爱来，那就闹得一条街的人们都不能安睡。它们的叫声是那么尖锐刺耳，使人觉得世界上若是没有猫啊，一定会更平静一些。

可是，及至女猫生下两三个棉花团似的小猫啊，你又不恨它了。它是那么尽责地看护儿女，连上房兜兜风也不肯去了。

郎猫可不那么负责，它丝毫不关心儿女。它或睡大觉，或上屋去乱叫，有机会就和邻居们打一架，身上的毛儿滚成了毡，满脸横七竖八都是伤痕，看起来实在不大体面。好在它没有照镜子的习惯，依然昂首阔步，大喊大叫，它匆忙地吃两口东西，就又去挑战开打。有时候，它两天两夜不回家，可是当你以为它可能已经远走高飞了，它却瘸着腿大败而归，直入厨房要东西吃。

过了满月的小猫们真是可爱，腿脚还不甚稳，可是已经学会淘气。妈妈的尾巴，一根鸡毛，都是它们的好玩具，要上没结没完。一玩起来，它们不知要摔多少跟头，但是跌倒即马上起来，再跑再跌。它们的头撞在门上，桌腿上，和彼此的头上。撞疼了也不哭。

它们的胆子越来越大，逐渐开辟新的游戏场所。它们到院子里来了。院中的花草可遭了殃。它们在花盆里摔跤，抱着花枝打秋千，所过之处，枝折花落。你不肯责打它们，它们是那么生气勃勃，天真可爱呀。可是，你也爱花。这个矛盾就不易处理。

现在，还有新的问题呢：老鼠已差不多都被消灭了，猫还有什么用处呢？而且，猫既吃不着老鼠，就会想办法去偷捉鸡雏或小鸭什么的开开斋。这难道不是问题么？

在我的朋友里颇有些位爱猫的。不知他们注意到这些问题没有？记得二十年前在重庆住着的时候，那里的猫很珍贵，须花钱去买。在当时，那里的老鼠是那么猖狂，小猫反倒须放在笼子里养着，以免被老鼠吃掉。据说，目前在重庆已很不容易见到老鼠。那么，那里的猫呢？是不是已经不放在笼子里，还是根本不养猫了呢？这须打听一下，以备参考。

也记得三十年前，在一艘法国轮船上，我吃过一次猫肉。事前，我并不知道那是什么肉，因为不识法文，看不懂菜单。猫肉并不难吃，虽不甚香美，可也没什么怪味道。是不是该把猫都送往法国轮船上去呢？我很难作出决定。

猫的地位的确降低了，而且发生了些小问题。可是，我并不为猫的命运多耽什么心思。想想看吧，要不是灭鼠运动得到了很大的成功，消除了巨害，猫的威风怎会减少了呢？两相比较，灭鼠比爱猫更重要的多，不是吗？我想，世界上总会有那么一天，一切都机械化了，不是连驴马也会有点问题吗？可是，谁能因耽忧驴马没有事作而放弃了机械化呢？

母鸡

一向讨厌母鸡。不知怎样受了一点惊恐。听吧，它由前院嘎嘎到后院，由后院再嘎嘎到前院，没结没完，而并没有什么理由；讨厌！有的时候，它不这样乱叫，可是细声细气的，有什么心事似的，颤颤微微的，顺着墙根，或沿着田坝，那么扯长了声如怨如诉，使人心中立刻结起个小疙疸来。

它永远不反抗公鸡。可是，有时候却欺侮那最忠厚的鸭子。更可恶的是它遇到另一只母鸡的时候，它会下毒手，乘其不备，狠狠地咬一口，咬下一撮儿毛来。

到下蛋的时候，它差不多是发了狂，恨不能使全世界都知道它这点成绩；就是聋子也会被它吵得受不下去。

可是，现在我改变了心思，我看见一只孵出一群小雏鸡的母亲。

不论是在院里，还是在院外，它总是挺着脖儿，表示出世界上并没有可怕的东西。一个鸟儿飞过，或是什么东西响了一声，它立刻警戒起来，歪着头儿听；挺替身儿预备作战；看看前，看看后，咕咕地警告鸡雏要马上集合到它身边来！

当它发现了一点可吃的东西，它咕咕地紧叫，啄一啄那个东西，马上便放下，教它的儿女吃。结果，每一只鸡雏的肚子都圆圆的下垂，像刚装了一两个汤圆儿似的，它自己却削瘦了许多。假若有别的大鸡来抢食，它一定出击，把它们赶出老远，连大公鸡也怕它三分。

它教给鸡雏们啄食，掘地，用土洗澡；一天教多少多少次。它还半蹲着——我想这是相当劳累的——教它们挤在它的翅下、胸下，得一点温暖。它若伏在地上，鸡雏们有的便爬在它的背上，啄它的头或别的地方，它一声也不哼。

在夜间若有什么动静，它便放声啼叫，顶尖锐、顶凄惨，使任何贪睡的人也得起来看看，是不是有了黄鼠狼。

它负责、慈爱、勇敢、辛苦，因为它有了一群鸡雏。它伟大，因为它是鸡母亲。一个母亲必定就是一位英雄。我不敢再讨厌母鸡了。

小麻雀

雨后，院里来了个麻雀，刚长全了羽毛。它在院里跳，有时飞一下，不过是由地上飞到花盆沿上，或由花盆上飞下来。看它这么飞了两三次，我看出来：它并不会飞得再高一些，它的左翅的几根长翎拧在一处，有一根特别的长，似乎要脱落下来。我试着往前凑，它跳一跳，可是又停住，看着我，小黑豆眼带出点要亲近我又不完全信任的神气。我想到了：这是个熟鸟，也许是自幼便养在笼中的。所以它不十分怕人。可是它的左翅也许是被养着它的或别个孩子给扯坏，所以它爱人，又不完全信任。想到这个，我忽然的很难过。一个飞禽失去翅膀是多么可怜。这个小鸟离了人恐怕不会活，可是人又那么狠心，伤了它的翎羽。它被人毁坏了，而还想依靠人，多么可怜！它的眼带出进退为难的神情，虽然只是那么个小而不美的小鸟，它的举动与表情可露出极大的委屈与为难。它是要保全它那点生命，而不晓得如何是好。对它自己与人都没有信心，而又愿找到些倚靠。它跳一跳，停一停，看着我，又不敢过来。我想拿几个饭粒诱它前来，又不敢离开，我怕小猫来扑它。可是小猫并没在院里，我很快地跑进厨房，抓来了几个饭粒。及至我回来，小鸟已不见了。我向外院跑去，小猫在影壁前的花盆旁蹲着呢。我忙去驱逐它，它只一扑，把小鸟擒住！被人养惯的小麻雀，连挣扎都不会，尾与爪在猫嘴旁搭拉着，和死去差不多。

瞧着小鸟，猫一头跑进厨房，又一头跑到西屋。我不敢紧追，怕它更咬紧了，可又不能不追。虽然看不见小鸟的头部，我还没忘了那个眼神。那个预知生命危险的眼神。那个眼神与我的好心中间隔着一只小白猫。来回跑了几次，我不追了。追上也没用了，我想，小鸟至少已半死了。猫又进了厨房，我愣了一会儿，赶紧地又追了去；那两个黑豆眼仿佛在我心内睁着呢。

进了厨房，猫在一条铁筒——冬天升火通烟用的，春天拆下来便放在厨房的墙角——旁蹲着呢。小鸟已不见了。铁筒的下端未完全扣在地上，开着一个不小的缝儿，小猫用脚往里探。我的希望回来了，小鸟没死。小猫本来才四个来月大，还没捉住过老鼠，或者还不会杀生，只是叼着小鸟玩一玩。正在这么想，小鸟，忽然出来了，猫倒像吓了一跳，往后躲了躲。小鸟的样子，我一眼便看清了，登时使我要闭上了眼。小鸟几乎是蹲着，胸离地很近，像人害肚痛蹲在地上那样。它身上并没血。身子可似乎是蜷在一块，非常的短。头低着，小嘴指着地。那两个黑眼珠！非常的黑，非常的大，不看什么，就那么顶黑顶大地愣着。它只有那么一点活气，都在眼里，像是等着猫再扑它，它没力量反抗或逃避；又像是等着猫赦免了它，或是来个救星。生与死都在这俩眼里，而并不是清醒的。它是胡涂了，昏迷了；不然为什么由铁筒中出来呢？可是，虽然昏迷，到底有那么一点说不清的，生命根源的，希望。这个希望使它注视着地上，等着，等着生或死。它怕得非常的忠诚，完全把自己交给了一线的希望，一点也不动。像把生命要从两眼中流出，它不叫也不动。

小猫没再扑它，只试着用小脚碰它。它随着击碰倾侧，头不动，眼不动，还呆呆的注视着地上。但求它能活着，它就决不反抗。可是并非全无勇气，它是在猫的面前不动！我轻轻地过去，把猫抓住。将猫放在门外，小鸟还没动。我双手把它捧起来。它确是没受了多大的伤，虽然胸上落了点毛。它看了我一眼！

我没主意：把它放了吧，它准是死？养着它吧，家中没有笼子。我捧着它好像世上一切生命都在我的掌中似的，我不知怎样好。小鸟不动，蜷着身，两眼还那么黑，等着！愣了好久，我把它捧到卧室里，放在桌子上，看着它，它又愣了半天，忽然头向左右歪了歪，用它的黑眼睁了一下；又不动了，可是身子长出来一些，还低头看着，似乎明白了点什么。

小动物们

鸟兽们自由地生活着，未必比被人豢养着更快乐。据调查鸟类生活的专门家说，鸟啼绝不是为使人爱听，更不是以歌唱自娱，而是占据猎取食物的地盘的示威；鸟类的生活是非常的艰苦。兽类的互相残食是更显然的。这样，看见笼中的鸟，或柙中的虎，而替它们伤心，实在可以不必。可是，也似乎不必替它们高兴；被人养着，也未尽舒服。生命仿佛是老在魔鬼与荒海的夹缝儿，怎样也不好。

我很爱小动物们。我的“爱”只是我自己觉得如此；到底对被爱的有什么好处，不敢说。它们是这样受我的恩养好呢，还是自由地活着好呢？也不敢说。把养小动物们看成一种事实，我才敢说些关于它们的话。下面的述说，那么，只是为述说而述说。

先说鸽子。我的幼时，家中很贫。说出“贫”来，为是声明我并养不起鸽子；鸽子是种费钱的活玩艺儿。可是，我的两位姐丈都喜欢玩鸽子，所以我知道其中的一点儿故典。我没事儿就到两家去看鸽，也不短随着姐丈们到鸽市去玩；他们都比我大着二十多岁。我的经验既是这样来的，而且是幼时的事，恐怕说得不能很完全了；有好多鸽子名已想不起来了。

鸽的名样很多。以颜色说，大概应以灰、白、黑、紫为基本色儿。可是全灰全白全黑全紫的并不值钱。全灰的是楼鸽，院中撒些米就会来一群；物是以缺者为贵，楼鸽太普罗。有一种比楼鸽小，灰色也浅一些的，才是真正的“灰”；但也并不很贵重。全白的，大概就叫“白”吧，我记不清了。全黑的叫黑儿，全紫的叫紫箭，也叫猪血。

猪血们因为羽色单调，所以不值钱，这就容易想到值钱的必是杂色的。杂色的种类多极了，就我所知道的——并且为清楚起见——可以分作下列的四大类：点子、乌、环、玉翅。点子是白身腔，只在头上有手指肚大的一块黑，或紫；尾是随着头上那个点儿，黑或紫。这叫作黑点子和紫点子。乌与点子相近，不过是头上的黑或紫延长到肩与胸部。这叫黑乌或紫乌。这种又有黑翅的或紫翅的，名铁翅乌或铜翅乌——这比单是乌又贵重一些。还有一种，只有黑头或紫头，而尾是白的，叫作黑乌头或紫乌头；比乌的价钱要贱一些。刚才说过了，乌的头部的黑或紫毛是后齐肩，前及胸的。假若黑或紫毛只是由头顶到肩部，而前面仍是白的，这便叫作老虎帽，因为很像廿年前通行的风帽；这种确是非常的好看，因而价值也就很高。在民国初年，兴了一阵子蓝乌和蓝乌头，头尾如乌，而是灰蓝色儿的。这种并不好看，出了一阵子锋头也就拉倒了。

环，简单的很：全白而项上有一黑圈者叫墨环；反之，全黑而项上有白圈者是玉环。此外有紫环，全白而项上有一紫环。“环”这种鸽似乎永远不大高贵。大概可以这么说，白尾的鸽是不易与黑尾或紫尾的相抗，因为白尾的飞起来不大美。

玉翅是白翅边的。全灰而有两白翅是灰玉翅；还有黑玉翅、紫玉翅。所谓白翅，有个讲究：翅上的白翎是左七右八。能够这样，飞起来才正好，白边儿不过宽，也不过窄。能生成就这样的，自然很少，所以鸽贩常常作假，硬插上一两根，或拔去些，是常有的事。这类中又有变种：玉翅而有白尾的，比如一只黑鸽而有左七右八的白翅翎，同时又是白尾，便叫作三块玉。灰的、紫的，也能这样。要是连头也是白的呢便叫作四块玉了。四块玉是较比有些价值的。

在这四大类之外，还有许多杂色的鸽。如鹤袖，如麻背，都有些价值，可不怎么十分名贵。在北平，差不多是以上述的四大类为主。新种随时有，也能时兴一阵，可都不如这四类重要与长远。

就这四大类说，紫的老比别的颜色高贵。紫色儿不容易长到好处，太深了就遭猪血之诮，太浅了又黄不唧的寒酸。况且还容易长“花了”呢，特别是在尾巴上，翎的末端往往露出白来，像一块癣似的，把个尾巴就毁了。

紫以下便是黑，其次为灰。可是灰色如只是一点，如灰头、灰环，便又可贵了。

这些鸽中，以点子和乌为“古典的”。它们的价值似乎永远不变，虽然普通，可是老是鸽群之主。这么说吧，飞起四十只鸽，其中有过半的点子和乌，而杂以别种，便好看。反之，则不好看。要是这四十只都是点子，或都是乌，或点子与乌，便能有顶好的阵容。你几乎不能飞四十只环或玉翅。想想看吧：点子是全身雪白，而有个黑或紫的尾，飞起来像一群玲珑的白鸥；及至一翻身呢，那里或紫的尾给这轻洁的白衣一个色彩深厚的裙儿，既轻妙而又厚重。假若是太阳在西边，而东方有些黑云，那就太美了：白翅在黑云下自然分外的白了；一斜身儿呢，黑尾或紫尾——最好是紫尾——迎着阳光闪起一些金光来！点子如是，乌也如是。白尾巴的，无论长得多么体面，飞起来没这种美妙，要不怎么不大值钱呢。铁翅乌或铜翅乌飞起来特别的好看，像一朵花，当中一块白，前后左右都镶着黑或紫，他使人觉得安闲舒适。可是铜翅乌几乎永远不飞，飞不起，贱的也得几十块钱一对儿吧。玩鸽子是满天飞洋钱的事儿，洋钱飞起却是不如在手里牢靠的。

可是，鸽子的讲究儿不专在飞，正如女子出头露脸不专仗着能跑五十米。它得长得俊。先说头吧，平头或峰头（峰读如凤；也许就是凤，而不是峰）便决定了身价的高低。所谓峰头或凤头的，是在头上有一撮立着的毛；平头是光葫芦。自然凤头的是更美，也更贵。峰——或凤——不许有杂毛，黑便全黑，紫便全紫，搀着白的便不够派儿。它得大，而且要像个荷包似的向里包包着。鸽贩常把峰的杂毛剔去，而且把不像荷包的收拾得像荷包。这样收拾好的峰，就怕鸽子洗澡，因为那好看的头饰是用胶粘的。

头最怕鸡头，没有脑杓儿，愣头磕脑的不好看。头须像算盘子儿，圆忽忽的，丰满。这样的头，再加上个好峰，便是标准美了。

眼，得先说眼皮。红眼皮的如害着眼病，当然不美。所以要强的鸽子得长白眼皮。宽宽的白眼皮，使眼睛显着大而有神。眼珠也有讲究，豆眼、隔棱眼，都是要不得的。可惜我离开鸽子们已念多年，形容不上来豆眼等是什么样子了；有机会到北平去住几天，我还能把它们想起来，到鸽市去两趟就行了。

嘴也很要紧。无论长得多么体面的鸽，来个长嘴，就算完了事。要不怎么，有的鸽虽然很缺少，而总不能名贵呢；因为这种根本没有短嘴的。鸽得有短嘴！厚厚实实的，小墩子嘴，才好看。

头部以外，就得论羽毛如何了。羽毛的深浅，色的支配，都有一定的。老虎帽的帽长到何处，虎头的黑或紫毛应到胸部的何处，都不能随便。出一个好鸽与出一个美人都是历史的光荣。

身的大小，随鸽而异。羽色单调一些的，像紫箭等，自然是越大越蠢，所以以短小玲珑为贵。像点子与乌什么的，个子大一点也不碍事。不过，嘴儿短，长得娇秀，自然不会发展得很粗大了，所以美丽的鸽往往是小个儿。

大个子的，长嘴儿的，可也有用处。大个子的身强力壮翅子硬，能飞，能尾上戴鸽铃，所以它们是空中的主力军。别的鸽子好看，可供地上玩赏；这些老粗儿们是飞起来才见本事，故尔也还被人爱。长翅儿也有用，孵小鸽子是它们的事：它们的嘴长，“喷”得好——小鸽不会自己吃东西，得由老鸽嘴对嘴的“喷”。再说呢，喷的时候，老的胸部羽毛便糙了；谁也不肯这么牺牲好鸽。好鸽下的蛋，总被人拿来交与丑鸽去孵，丑鸽本来不值钱，身上糙旧一点也没关系。要作鸽就得美呀，不然便很苦了。

有的丑鸽，仿佛知道自己的相貌不扬，便长点特别的本事以与美鸽竞争。有力气戴大鸽铃便是一例。可是有力气还不怎样新奇，所以有的能在空中翻跟头。会翻跟头的鸽在与朋友们一块飞起的时候，能飞着飞着便离群而翻几个跟头，然后再飞上去加入鸽群，然后又独自翻下来。这很好看，假若他是白色的，就好像由蓝空中落下一团雪来似的。这种鸽的身体很小，面貌可不见得美。他有个标帜，即在项上有一小撮毛儿，倒长着。这一撮倒毛儿好像老在那儿说：“你瞧，我会翻跟头！”这种鸽还有个特点，脚上有毛儿，像诸葛亮的羽扇似的。一走，便扑喳扑喳的，很有神气。不会翻跟头的可也有时候长着毛脚。这类鸽多半是全灰全白或全黑的。羽毛不佳，可是有本事呢。

为养毛脚鸽，须盖灰顶的房，不要瓦。因为瓦的棱儿往往伤了毛脚而流出血来。

哎呀！我说“先说鸽子”，已经三千多字了，还没说完！好吧，下回接着说鸽子吧，假若有人爱听。我的题目《小动物们》，似乎也有加上个“鸽”的必要了。

小动物们（鸽）续

养鸽正如养鱼养鸟，要受许多的辛苦。“不苦不乐”，算是说对了。不过，养鱼养鸟较比养鸽还和平一些；养鸽是斗气的事儿。是，养鸟也有时候怄气，可鸟儿究竟是在笼子里，跟别的鸟没有直接的接触。鸽子是满天飞的。张家的也飞，李家的也飞，飞到一处而裹乱了是必不可免的。这就得打架。因此，玩别的小玩艺用不着法律，养鸽便得有。这些法律虽不是国家颁布的，可是在玩鸽的人们中间得遵守着。比如说吧，我开始养鸽子，我就得和四邻的“鸽家”们开谈判。交情好的呢，可以规定：彼此谁也不要谁的鸽；假若我的鸽被友家裹了去，他还给我送回来；我对他也这样。这就免去许多战争。假若两家说不来呢，那就对不起了，谁得着是谁的，战争可就无可避免了。有这样的敌人，养鸽等于斗气。你不飞，我也不飞；你的飞起来，我的也马上飞起去，跟你“撞”！“撞”很过瘾，两个鸽阵混成一团，合而复分，分而复合；一会儿我“拉过”你的来，一会儿你又“拉过”我的去，如看拔河一样起劲。谁要是能“得过”一只来，落在自己的房上，便设法用粮食引诱下来，算作自己的战胜品。可是，俘虏是在房上，时时可以飞去；我可就下了毒手，用弩打下来，假若俘虏不受引诱而要逃走。打可得有个分寸，手法要好，讲究恰好打在——用泥弹——鸽的肩头上。肩头受伤，没有性命的危险，可是失了飞翔的能力。于是滚下房来，我用网接住；将养几天，便能好过来。手法笨的，弹中胸部，便一命呜呼；或是弹子虚发，把鸽惊走，是谓泄气。

“撞”实过瘾，可也别扭，我没法训练新鸽与小鸽了。新鸽与小鸽必须有相当的训练才认识自己的家，与见阵不迷头。那么，我每放起鸽去，敌人也必调动人马，那我简直没有训练新军的机会；大胆放出生手，准保叫人家给拉了去。于是，我得早早地起，敛旗息鼓地，一声不出地，去操练新军。敌人也会早起呀，这才真叫怄气！得设法说和了，要不然简直得出人命了。

哼，说和却不容易。比如我只有三十只能征惯战的鸽，而敌人有八十只，他才不和我开和平会议呢。没办法，干脆搬家吧。对这样的敌人，万幸我得过他一只来，我必定拿到鸽市去卖；不为钱，为是羞辱他。他也准知道我必到鸽市去，而托鸽贩或旁人把那只买回去，他自己没脸来和我过话。

即使没这种战争，养鸽也非养气之道；鸽时时使你心跳。这么说吧，我有点事要出门，刚走到巷口，见天上有只鸽，飞得两翅已疲，或是惊惶不定，显系飞迷了头；我不能漏这个空，马上飞跑回家，放起我的鸽来裹住这只宝贝。有天大的事也得放下。其实得到手中，也许是只最老丑的糟货，可是多少是个幸头，不能轻易放过。养鸽的人是“满天飞洋钱，两脚踩狗屎”，因为老仰首走路也。

训练幼鸽也是很难放心的事，特别是经自己的手孵出来的。头几次飞，简直没把握，有时候眼看着你自己家中孵出的幼鸽，飞到别家去，其伤心不亚于丢失了儿女。

最难堪的是闹“鸦虎子”。“鸦虎子”是一种小鹰，秋冬之际来驻北平，专欺侮鸽子。在这个时节，养鸽的把鸽铃都撤下来，以免鸦虎闻声而来，在放鸽以前，要登高一望，看空中有无此物。及至鸽已飞起，而神气不对，忽高忽低，不正经着飞，便应马上“垫”起一只，使大家落下，以免危险；大概远处有了那个东西。不幸而鸦虎已到，那只有跺脚，而无办法。鸦虎子捉鸽的方法是把鸽群“托”到顶高，高得几乎像燕子那么小了，它才绕上去，单捉一只。它不忙，在鸽群下打旋，鸽们只好往高处飞了。越飞越高，越飞越乏；然后鸦虎猛地往高处一钻，鸽已失魂，紧跟着它往下一“砸”，群鸽屁滚尿流，一直地往下掉。可是鸦虎比它们快。于是空中落下一些羽毛，它捉住一只，找清静地方去享受。其余的幸得逃命，不择地而落，不定都落到哪里去呢！幸而有几只碰运气落在家中的房上，亦只顾喘息，如呆如痴，非常的可怜。这个，从始至终，养鸽的是目不敢瞬地看着；只是看着，一点办法没有！鸦虎已走，养鸽的还得等着，等着失落的鸽们回来。一会儿飞回来一只，又待一会儿又回来一只。可是等来等去，未必都能回来，因惊破了胆的鸽是很容易被别家得去的。检点残军，自叹晦气，堂堂七尺之躯会干不过个小小的鸦虎子！

普通的飞法是每天飞三次，每飞一次叫作“一翅儿”。三次的支配大概是每日的早晚中三时，这随天气的冷暖而变动。夏日太热，早晚为宜，午间即不放鸽；冬日自然以午间为宜，因为暖和些。夏天的鸽阵最好看，高处较凉一些，鸽喜高飞；而且没有鸦虎什么的，鸽飞得也稳；鸦虎是到别处去避暑了。每要飞一翅儿，是以长竿——竿头拴些碎布或鸡毛——一挥，鸽即飞起。飞起的都是熟鸽，不怕与别家的“撞”。其中最强者，尾系鸽铃，为全军奏乐。飞起来，先擦着房，而后渐次高升，以家中为中心来回地旋转。鸽不在多少，飞起来讲究尾彩配合的好，“盘儿”——即鸽阵——要密，彼此的距离短而旋转得一致。这样有盘儿有精神，悦目。盘儿大而松懈，东一个西一个的乱飞，则招人讥诮。当盘儿飞到相当的时间，则当把生鸽或幼鸽掷于房上，盘儿见此，则往下飞。如欲训练生鸽或幼鸽，即当盘儿下落之际续入，随盘儿飞转几圈，就一齐落于房上，以免丢失。以一鸽或二鸽掷于房上，招盘儿下来，叫做“垫”。

老鸽不限于随盘儿飞，有时被主人携到十数里之外去放，仍能飞回来。有时候卖出去，过一两月还能找到了老家。

养鸽的人家，房脊上摆琉璃瓦两三块，一黄二绿，或二绿一黄，以作标帜。鸽们记得这个颜色与摆法，即不往生地方落。

新鸽买来，用线拢住翅儿，以防飞走。过几天，把翅儿松开些，使能打扑噜而不能高飞，掷之房上，使它认识环境。再过几天，看鸽性是强烈还是温柔而决定松绑的早晚。老鸽绑的日久，幼鸽绑的期短。松绑以后，就可以试着训练了。

鸽食很简单，通常都用高粱。到换毛的时候或极冷的时候才加些料豆儿。每天喂鸽最好有一定的次数。

住处也不须怎么讲究，普通的是用苇扎成个栅子，栅里再砌起窝来，每一窝放一草筐，够一对鸽住的。最要紧的是要干燥和安全。窝门不结实，或砌的不好，黄鼠狼就会半夜来偷鸽吃。窝干燥清洁，鸽不易得病；如得起病来，传染得很快，那可了不得。

该说鸽市。

对于鸽的食水，我没详说，因为在重要的点上大家虽差不多，可是每人都有自己的手法，不能完全相同；既是玩吗，个人总设法证明自己的方法最好。谈到鸽市，规矩可就是普通的了，示奇立异是行不通的。

在我幼时，天天有鸽市。我记得好像是这样：逢一五是在护国寺的后身，二六是在北新桥，三是土地庙，四是花市，七八是西城车儿胡同，九十是隆福寺外。每逢一五，是否在护国寺后身，我不敢说准了；想了半天，也想不起来。

鸽贩是每天必上市的。他们大约可分三种：第一种是阔手，只简单地拿着一个鸽笼，专买卖中上等的鸽子。第二种，挑着好几个笼，好歹不论，有利就买就卖。第三种是专买破鸽雏鸽与鸽蛋——送到饭庄当菜用，我最不喜欢这第三种，鸽子一到他们手里就算无望了。顶可怜是雏鸽，羽毛还没长全，可是已能叫人看出是不成材料的货，便入了死笼。雏鸽哆嗦着，被别的鸽压在笼底上，极细弱地叫着！再过几点钟便成了盘中的菜了。

此外，还有一种暗中作买卖而不叫别人知道的，这好像是票友使黑杵，虽已拿钱而不明言。这种人可不甚多。

养鸽的人到市上去，若是卖鸽，便也是提笼。若是去买鸽，既不知准能买到与否，自然不必拿着笼去。只去卖一二只鸽，或是买到一二只，既未提笼，就用手绢捆着鸽。

买鸽的时候，不见得准买一对。家中有只雄的，没有伴儿，便去买只雌的；或者相反。因此，卖鸽的总说“公儿欢，母儿消。”所谓“欢”者，就是公鸽正想择配，见着雌的便咕咕地叫着追求。所谓“消”者，是雌鸽正想出嫁，有公鸽向她求爱，她就点头接受。买到欢公或消母，拿到家中即能马上结婚，不必费事。欢与消可以——若是有笼——当面试验。可是市上的鸽未必雄的都欢，雌的都消。况且有时两雄或两雌放在一处而充作一对儿卖。这可就得看买主的眼睛了。你本想去买一只欢公，而市上没有；可是有一只，虽不欢，但是合你的意。那么，也就得买这一只；现在不欢，过几天也许就欢起来。你怎么知道那是个公的呢？为买公鸽而去，却买了只母的回来，岂不窝囊得慌！市上是不甚讲道德的，没眼睛的就要受骗。

看鸽是这样的：把鸽拿在左手中，拢着鸽的翅与腿，用右手去托一托鸽的胸。鸽在此时，如瞪眼，即是公；眨眼的，即是母。头大的是公，头小的是母。除辨别公母，鸽在手中也能觉出挺拔与否。真正的行家，拿起鸽来，还能看出鸽的血统正不正来，有的鸽，外表很好，而来路不正，将来下蛋孵窝，未必还能出好鸽。这个，我可不大深知；我没有多少经验。

看完了头部，要用手捋一捋鸽翅，看翅活动与否，有力没有，与是否有伤——有的鸽是被弩弹打过而翅子僵硬不灵的。对于峰、尾，都要吹一吹，细看看；恐怕是假作的。都看好了，才讲价钱。半日之中，鸽受罪不少。所以真正好鸽，如鸽市上去卖，便放在笼内，只准看，不准动手。这显着硬气，可是鸽子的身份得真高；假如弄只破鸽而这么办，必会被人当笑话说。还有呢，好鸽保养的好，身上有一层白霜，像葡萄霜儿那样好看，经手一摸，便把霜儿蹭了去；所以不许动手。可是好鸽上市，即使不许人动，在笼中究竟要受损失，尾巴是最易磨坏的。所以要出手好鸽往往把买主请到家中来看，根本不到市上去。因此，市上实在见不着什么值钱的鸽子。

关于鸽，我想起这么些儿来，离详尽还远得很呢。就是这一点，恐怕还有说错了的地方；二十多年前的事是不易老记得很清楚的。

现在，粮食贵，有闲的人也少了，恐怕就还有养鸽的也不似先前那样讲究了。可是这也没什么可惜。我只是为述说而述说，倒不提倡什么国鸟国鸽的。

养花

我爱花，所以也爱养花。我可还没成为养花专家，因为没有工夫去作研究与试验。我只把养花当作生活中的一种乐趣，花开得大小好坏都不计较，只要开花，我就高兴。在我的小院中，到夏天，满是花草，小猫儿们只好上房去玩耍，地上没有它们的运动场。

花虽多，但无奇花异草。珍贵的花草不易养活，看着一棵好花生病欲死是件难过的事。我不愿时时落泪。北京的气候，对养花来说，不算很好。冬天冷，春天多风，夏天不是干旱就是大雨倾盆；秋天最好，可是忽然会闹霜冻。在这种气候里，想把南方的好花养活，我还没有那么大的本事。因此，我只养些好种易活、自己会奋斗的花草。

不过，尽管花草自己会奋斗，我若置之不理，任其自生自灭，它们多数还是会死了的。我得天天照管它们，像好朋友似的关切它们。一来二去，我摸着一些门道：有的喜阴，就别放在太阳地里，有的喜干，就别多浇水。这是个乐趣，摸住门道，花草养活了，而且三年五载老活着、开花，多么有意思呀！不是乱吹，这就是知识呀！多得些知识，一定不是坏事。

我不是有腿病吗，不但不利于行，也不利于久坐。我不知道花草们受我的照顾，感谢我不感谢；我可得感谢它们。在我工作的时候，我总是写了几十个字，就到院中去看看，浇浇这棵，搬搬那盆，然后回到屋中再写一点，然后再出去，如此循环，把脑力劳动与体力劳动结合到一起，有益身心，胜于吃药。要是赶上狂风暴雨或天气突变哪，就得全家动员，抢救花草，十分紧张。几百盆花，都要很快地抢到屋里去，使人腰酸腿疼，热汗直流。第二天，天气好转，又得把花儿都搬出去，就又一次腰酸腿疼，热汗直流。可是，这多么有意思呀！不劳动，连棵花儿也养不活，这难道不是真理么？

送牛奶的同志，进门就夸“好香”！这使我们全家都感到骄傲。赶到昙花开放的时候，约几位朋友来看看，更有秉烛夜游的神气——昙花总在夜里放蕊。花儿分根了，一棵分为数棵，就赠给朋友们一些；看着友人拿走自己的劳动果实，心里自然特别喜欢。

当然，也有伤心的时候，今年夏天就有这么一回。三百株菊秧还在地上（没到移入盆中的时候），下了暴雨。邻家的墙倒了下来，菊秧被砸死者约三十多种，一百多棵！全家都几天没有笑容！

有喜有忧，有笑有泪，有花有实，有香有色，既须劳动，又长见识，这就是养花的乐趣。

吃莲花的

今年我种了两盆白莲。盆是由北平搜寻来的，里外包着绿苔，至少有五六十岁。泥是由黄河拉来的。水用趵突泉的。只是藕差点事，吃剩下来的菜藕。好盆好泥好水敢情有妙用，菜藕也不好意思了，长吧，开花吧，不然太对不起人！居然，拔了梗，放了叶，而且开了花。一盆里七八朵，白的！只有两朵，瓣尖上有点红，我细细地用檀香粉给涂了涂，于是全白。作诗吧，除了作诗还有什么办法？专说“亭亭玉立”这四个字就被我用了七十五次，请想我作了多少首诗吧！

这且不提。好几天了，天天门口卖菜的带着几把儿白莲。最初，我心里很难过。好好的莲花和茄子冬瓜放在一块，真！继而一想，若有所悟。啊，济南名士多，不能自己“种”莲，还不“买”些用古瓶清水养起来，放在书斋？是的，一定是这样。

这且不提。友人约游大明湖，“去买点莲花来！”他说。“何必去买，我的两盆还不可观？”我有点不痛快，心里说：“我自种的难道比不上湖里的？真！”况且，天这么热，游湖更受罪，不如在家里，煮点毛豆角，喝点莲花白，作两首诗，以自种白莲为题，岂不雅妙？友人看着那两盆花，点了点头。我心里不用提多么痛快了；友人也很雅哟！除了作新诗向来不肯用这“哟”，可是此刻非用不可了！我忙着吩咐家中煮毛豆角，看看能买到鲜核桃不。然后到书房去找我的诗稿。友人静立花前，欣赏着哟！

这且不提。及至我从书房回来一看，盆中的花全在友人手里握着呢，只剩下两朵快要开败的还在原地未动。我似乎忽然中了暑，天旋地转，说不出话。友人可是很高兴。他说：“这几朵也对付了，不必到湖中买去了。其实门口卖菜的也有，不过没有湖上的新鲜便宜。你这些不很嫩了，还能对付。”他一边说着，一边奔了厨房。“老田，”他叫着我的总管事兼厨子，“把这用好香油炸炸。外边的老瓣不要，炸里边那嫩的。”老田是我由北平请来的，和我一样不懂济南的典故，他以为香油炸莲瓣是什么偏方呢。“这治什么病，烫伤？”他问。友人笑了。“治烫伤？吃！美极了！没看见菜挑子上一把一把儿的卖吗？”

这且不提。还提什么呢，诗稿全烧了，所以不能附录在这里。

落花生

我是个谦卑的人。但是，口袋里装上四个铜板的落花生，一边走一边吃，我开始觉得比秦始皇还骄傲。假若有人问我：“你要是作了皇上，你怎么享受呢？”简直的不必思索，我就答得出：“派四个大臣拿着两块钱的铜子，爱买多少花生吃就买多少！”

什么东西都有个幸与不幸。不知道为什么瓜子比花生的名气大。你说，凭良心说，瓜子有什么吃头？它夹你的舌头，塞你的牙，激起你的怒气——因为一咬就碎；就是幸而没碎，也不过是那么小小的一片，不解饿，没味道，劳民伤财，布尔乔亚！你看落花生：大大方方的，浅白麻子，细腰，曲线美。这还只是看外貌。弄开看：一胎儿两个或者三个粉红的胖小子。脱去粉红的衫儿，象牙色的豆瓣一对对地抱着，上边儿还结着吻。那个光滑，那个水灵，那个香喷喷的，碰到牙上那个干松酥软！白嘴吃也好，就酒喝也好，放在舌上当槟榔含着也好。写文章的时候，三四个花生可以代替一支香烟，而且有益无损。

种类还多呢：大花生，小花生，大花生米，小花生米，糖饯的，炒的，煮的，炸的，各有各的风味，而都好吃。下雨阴天，煮上些小花生，放点盐；来四两玫瑰露；够作好几首诗的。瓜子可给诗的灵感？冬夜，早早地躺在被窝里，看着《水浒》，枕旁放着些花生米；花生米的香味，在舌上，在鼻尖；被窝里的暖气，武松打虎……这便是天国！冬天在路上，刮着冷风，或下着雪，袋里有些花生使你心中有了主儿；掏出一个来，剥了，慌忙往口中送，闭着嘴嚼，风或雪立刻不那么厉害了。况且，一个二十岁以上的人肯神仙似的，无忧无虑地，随随便便地，在街上一边走一边吃花生，这个人将来要是作了宰相或度支部尚书，他是不会有官僚气与贪财的。他若是作了皇上，必是朴俭温和直爽天真的一位皇上，没错。

吃瓜子的照例不在街上走着吃，所以我不给他保这个险。

至于家中要是有小孩儿，花生简直比什么也重要。不但可以吃，而且能拿它们玩。夹在耳唇上当环子，几个小姑娘就能办很大的一回喜事。小男孩若找不着玻璃球儿，花生也可以当弹儿。玩法还多着呢。玩了之后，剥开再吃，也还不脏。两个大子儿的花生可以玩半天；给他们些瓜子试试。

论样子，论味道，栗子其实满有势派儿。可是它没有落花生那点家常的“自己”劲儿。栗子跟人没有交情，仿佛是。核桃也不行，榛子就更显着疏远。落花生在哪里都有人缘，自天子以至庶人都跟它是朋友；这不容易。

在英国，花生叫作“猴豆”——Monkey nuts。人们到动物园去才带上一包，去喂猴子。花生在这个国里真不算很光荣，可是我亲眼看见去喂猴子的人——小孩就更不用提了——偷偷地也往自己口中送这猴豆。花生和苹果好像一样的有点魔力，假如你知道苹果的典故；我这儿确是用着典故。

美国吃花生的不限于猴子。我记得有位美国姑娘，在到中国来的时候，把几只皮箱的空处都填满了花生，大概凑起来总够十来斤吧，怕是到中国吃不着这种宝物。美国姑娘都这样重看花生，可见它确是有价值；按照哥伦比亚的哲学博士的辩证法看，这当然没有误儿。

花生大概还跟婚礼有点关系，一时我可想不起来是怎么个办法了；不是新娘子在轿里吃花生，不是；反正是什么什么春吧——你可晓得这个典故？其实花轿里真放上一包花生米，新娘子未必不一边落泪一边嚼着。

这几个月的生活

自去年七月中辞去教职，到如今已快八个月了。数月里，有的朋友还把信寄到学校去；有的就说我没有了影儿；有的说我已经到哪里哪里作着什么什么事……我不愿变成个谜，教大家猜着玩，所以写几句出来，一打两用：一来解疑，二来就手儿当作稿子。

辞职后，一直住在青岛，压根儿就没动窝。青岛自秋至春都非常的安静，绝不像只在夏天来过的人所说的那么热闹。

安静，所以适于写作，这就是我舍不得离开此地的原因。

除了星期日或有点病的时候，我天天总写一点，有时少至几百字，有时多过三千；平均地算，每天可得二千来字。细水长流，架不住老写，日子一多，自有成绩，可是，从发表过的来看，似乎凑不上这个数儿，那是因为长稿即使写完，也不能一口气登出，每月只能发表一两段。还有写好又扔掉也是常有的事，所以有伤耗。

地方安静，个人的生活也就有了规律。我每天差不多总是七点起床，梳洗过后便到院中去打拳，自一刻钟到半点钟，要看高兴不高兴。不过，即使高兴，也必打上一刻钟，求其不间断。遇上雨或雪，就在屋中练练小拳。

这种运动不一定比别种运动好，而且要刀弄棒，大有义和拳上体的嫌疑。不过它的好处是方便：用不着去找伴儿，一个人随时随地都可以活动；独自打篮球，虽然胜利都是自己的，究竟不大有趣。再说，和大家一同打球，人家用多大的力气，自己也得陪着；不能一劲儿请求大家原谅。打拳呢，可长可短，可软可硬，由慢而速，亦可由速而慢，缺乏纪律，可是能够从心所欲不逾矩。它没有篮球足球那么激烈，可比纯徒手操活泼，练上几趟就多少能见点汗儿；背上微微见汗，脸色微红，最为舒服。只要有恒心，天天活动一会儿，必定有益。

打完拳，我便去浇花，喜花而不会养，只有天天浇水，以求不亏心。有的花不知好歹，水多就死；有的花，勉强地到时开几朵小花。不管它们怎样吧，反正我尽了责任。这么磨蹭十多分钟，才去吃早饭，看报。这差不多就快九点钟了。

吃过早饭，看看有应回答的信没有；若有，就先写信，溜一溜脑子；若没有，就试着写点文章。在这时候写文，不易成功，脑子总是东一头西一脚的乱闹哄。勉强地写一点，多数是得扔到纸篓去。不过，这么闹哄一阵，虽白纸上未落多少黑字，可是这一天所要写的，多少有了个谱儿，到下午便有辙可循，不至再拿起笔来发怔了。简直可以这么说，早半天的工作是抛自己的砖，以便引出自家的玉来。

十一时左右，外埠的报纸与信件来到，看报看信；也许有个朋友来谈一会儿，一早晨就这么无为而治地过去了。遇到天气特别晴美的时候，少不得就带小孩到公园去看猴，或到海边拾蛤壳。这得九点多就出发，十二时才能回来，我们是能将一里路当作十里走的；看见地上一颗特别亮的砂子，我们也能研究老大半天。

十二点吃午饭。吃完饭，我抢先去睡午觉，给孩子们示范。等孩子都决定去学我的好榜样，而闭上了眼，我便起来了；我只需一刻钟左右的休息，不必睡那伟大的觉。孩子睡了，我便可以安心拿起笔来写一阵。等到他们醒来，我就把墨水瓶盖好，一直到晚八点再打开。大概地说吧，写文的主要时间是午后两点到三点半，和晚上八点到九点半。这两个时间，我可以不受小孩们的欺侮。

九点半必定停止工作。按说，青岛的夜里最适于写文，因为各处静得连狗仿佛都懒得吠一声，可是，我不敢多写，身体钉不住；一咬牙，我便整夜地睡不好；若是早睡呢，我便能睡得像块木头，有人把我搬了走我也不知道，我可也不去睡的太早了，因为末一次的信是九点后才能送到，我得等着；还有呢，花猫每晚必出去活动，到九点后才回来，把猫收入，我才好锁上门。有时候躺下而睡不着，便读些书，直到困了为止。读书能引起倦意，写文可不能；读书是把别人的思想装入自己的脑子里，写文是把自己的思想挤出来，这两样不是一回事，写文更累得慌。

星期六下午和星期日整天，该热闹了。看朋友，约吃饭，理发，偶尔也看看电影，都在这两天。一到星期一，便又安静起来，鸦雀无声，除了和孩子们说废话，几乎连唇齿舌喉都没有了用处似的。说真的，青岛确是过于安静了。可是，只要熬过一两个月，习惯了，可也就舍不得它了。

按说，我既爱安静，而又能在这极安静的地方写点东西，岂不是很抖的事吗？唉！（必得先叹一口气！）都好哇，就是写文章吃不了饭啊！

我的身体不算很强，多写字总不能算是对我有益处的事。但是，我不在乎，多活几年，少活几年，有什么关系呢？死，我不怕；死不了而天天吃个半饱，远不如死了呢。我爱写作，可就是得挨饿，怎办呢？连版税带稿费，一共还不抵教书的收入的一半，而青岛的生活程度又是那么高，买葱要论一分钱的，坐车起码是一毛钱！怎样活下去呢？

常常接到青年朋友们的著作，教我给看，改；如有可能，给介绍到各杂志上去。每接到一份，我就要落泪，我没有工夫给详细地改，但是总抓着工夫给看一遍，尽我所能见到的给批注一下，客气地给寄回去。有好一点的呢，我当然找个相当的刊物，给介绍一下；选用与否，我不能管，尽到我的心算了。这点义务工作，不算什么；我要落泪，因为这些青年们都是想要指着投稿吃饭的呀！——这里没有饭吃！

干什么不是以力气挣钱呢，卖文章也是自食其力，不是什么坏事。不过，干这一行，第一是大有害于健康；老爬在桌上写，老思索，老憋闷得慌；有几个文人不害肺病呢？第二是卖了力气，拼了命，结果还卖不出钱来。越穷便越牢骚，越自苦，越咬牙，不久，怎样？不幸短命死矣！穷而后工，咱没见过；穷而后死，比比皆是。但分能干别的去，不要往这里走，此路不通！

为艺术而牺牲哟，不怕哟！好，这要不是你爸爸有钱，便是你不想活着。不想活着，找死还不容易，何必单找这条道儿？这么死，连死都不能痛痛快快的。到前线上去，哪一个枪弹不比钢笔头儿脆快呢？

我爱说实话，实话本不能悦耳；信不信由你吧，我算干够了。只有一条路可以使我继续下去这种生活，得航空奖券的头奖。不过，梦上加梦，也许有一天会疯了的。

夏之一周间

我与学界的人们一同分润寒假暑假的“寒”与“暑”，“假”字与我老不发生关系似的。寒与暑并不因此而特别地留点情；可是，一想及拉车的，当巡警的，卖苦力气的，我还抱怨什么？而且假期到底是假期，晚起个三两分钟到底不会耽误了上堂；暂时不作铜铃的奴隶也总得算偌大的自由！况且没有粉笔面子的“双”薰——对不起，一对鼻孔总是一齐吸气，还没练成“单吸”的工夫，虽然作了不少年的教员。

整理已讲过的讲义，预备下学期的新教材，这把“念读写作，四者缺一不可”的工夫已作足。此外，还要写小说呢。教员兼写家，或写家兼教员，无论怎样排列吧，这是最时行的事。单干哪一行也不够养家的，况且我还养着一只小猫！幸而教员兼车夫，或写家兼屠户，还没大行开，这在像中国这么文明的国家里，还不该念佛？

闹钟的铃自一放学就停止了工作，可是没在六点后起来过，小说的人物总是在天亮左右便在脑中开了战事；设若不乘着打得正欢的时候把他们捉住，这一天，也许是两三天，不用打算顺当地调动他们，不管你吸多少枝香烟，他们总是在面前耍鬼脸，及至你一伸手，他们全跑得连个影儿也看不见。早起的鸟捉住虫儿，写小说的也如此。

这决不是说早起可以少出一点汗。在济南的初伏以前而打算不出汗，除非离开济南。早晨，晌午，晚间，夜里，毛孔永远川流不息：只要你一眨巴眼，或叫声“环”——那只小猫——得，遍体生津。早起决不为少出汗，而是为拿起笔来把汗吓回去。出汗的工作是人人怕的，连汗的本身也怕。一边写，一边流汗；越流汗越写得起劲；汗知道你是与它拼个你死我活，它便不流了。这个道理或者可以从《易经》里找出来，但是我还没有工夫去检查。

自六点至九点，也许写成五百字，也许写成三千字，假如没有客人来的话。五百字也好，三千字也好，早晨的工作算是结束了。值得一说的是：写五百字比写三千的时候要多吸至少七八枝香烟，吸烟能助文思不永远灵验，是不是还应当多给文曲星烧股高香？

九点以后，写信——写信！老得写信！希望邮差再大罢工一年！——浇浇院中的草花，和小猫在地上滚一回，然后读欧·亨利。这一闹哄就快十二点了。吃午饭；也许只是闻一闻；夏天闻闻菜饭便可以饱了的。饭后，睡大觉，这一觉非遇见非常的事件是不能醒的。打大雷，邻居小夫妇吵架，把水缸从墙头掷过来……只是不希望地震，虽然它准是最有效的。醒了，该弄讲义了，多少不拘，天天总弄出一点来。六点，又吃饭。饭后，到齐大的花园去走半点钟，这是一天中挺直脊骨的特许期间，廿四点钟内挺两刻钟的脊骨好像有什么卫生神术在其中似的，不过，挺着胸膛走到底是壮观的；究竟挺直了没有自然是另一问题，未便深究。

挺背运动完毕，回家。屋子里比烤面包的炉子的热度高着多少？

无从知道，因为没有寒暑表。屋内的蚊子还没都被烤死呢，我放心了。洗个澡，在院中坐一会儿，听着街上卖汽水，冰激凌的吆喝。心静自然凉，我永远不喝汽水，不吃冰激凌；香片茶是我一年到头的唯一饮料，多嗜香片茶是由外洋贩来我便不喝了。九点钟前后就去睡，不管多热，我永远的躺下（有时还没有十分躺好）便能入梦。身体弱多睡觉，是我的格言。一气睡到天明，又该起来拿笔吓走汗了。

过去的一周就是这么过去的；没读过一张报纸，不作亡国的事的，与作亡国的事的，或者都不大爱读新闻纸；我是哪一等人呢？良心上分吧。

一天

闹钟应当，而且果然，在六点半响了。睁开半只眼，日光还没射到窗上；把对闹钟的信仰改为崇拜太阳，半只眼闭上了。

八点才起床。赶快梳洗，吃早饭，饭后好写点文章。

早饭吃过，吸着第一枝香烟，整理笔墨。来了封快信，好友王君路过济南，约在车站相见。放下笔墨，一手扣钮，一手戴帽，跑出去，门口没有一辆车；不要紧，紧跑几步，巷口总有车的。心里想着：和好友握手是何等的快乐；最好强迫他下车，在这儿住哪怕是一天呢，痛快地谈一谈。到了巷口，没一个车影，好像车夫都怕拉我似的。

又跑了半里多路才遇上了一辆，急忙坐上去，津浦站！车走得很快，决定误不了，又想象着好友的笑容与语声，和他怎样在月台上东张西望地盼我来。

怪不得巷口没车，原来都在这儿挤着呢，一眼望不到边，街上挤满了车，谁也不动。西边一家绸缎店失了火。心中马上就决定好，改走小路，不要在此死等，谁在这儿等着谁是傻瓜，马上告诉车夫绕道儿走，显出果断而聪明。

车进了小巷。这才想起在街上的好处：小巷里的车不但是挤住，而且无论如何再也退不出。马上就又想好主意，给了车夫一毛钱，似猿猴一样的轻巧跳下去。挤过这一段，再抓上一辆车，还可以不误事，就是晚也晚不过十来分钟。

棉袄的底襟挂在小车子上，用力扯，袍子可以不要，见好友的机会不可错过！袍子扯下一大块，用力过猛，肘部正好碰着在娘怀中的小儿。娘不加思索，冲口而成，凡是我不爱听的都清清楚楚地送到耳中，好像我带着无线广播的耳机似的。孩子哭得奇，嘴张得像个火山口；没有一滴眼泪，说好话是无用的；凡是在外国可以用“对不起”了之的事，在中国是要长期抵抗的。四围的人——五个巡警，一群老头儿，两个女学生，一个卖糖的，二十多小伙子，一只黄狗——把我围得水泄不通；没有说话的，专门能看哭骂，笑嘻嘻地看着我挨雷。幸亏卖糖的是圣人，向我递了个眼神，我也心急手快，抓了一大把糖塞在小孩的怀中；火山口立刻封闭，四围的人皆大失望。给了糖钱，我见缝就钻，杀出重围。

到了车站，遇见中国旅行社的招待员。老那么和气而且眼睛那么尖，其实我并不常到车站，可是他能记得我，“先生取行李吗？”

“接人！”这是多余说，已经十点了，老王还没有叫火车晚开一个钟头的势力。

越想头皮越疼，几乎想要自杀。

出了车站，好像把自杀的念头遗落在月台上了。也好吧，赶快归去写文章。

到了家，小猫上了房；初次上房，怎么也下不来了。老田是六十多了，上台阶都发晕，自然婉谢不敏，不敢上墙。就看我的本事了，当仁不让，上墙！敢情事情都并不简单，你看，上到半腰，腿不晓得怎的会打起转来。不是颤而是公然地哆嗦。老田的微笑好像是恶意的，但是我还不能不仗着他扶我一把儿。

往常我一叫“球”，小猫就过来用小鼻子闻我，一边闻一边咕噜。上了房的“球”和地上的大不相同了，我越叫“球”，“球”越往后退。我知道，就要是一直地向前赶，“球”会退到房脊那面去，而我将要变成“球”。我的好话说多了，语气还是学着妇女的：“来，啊，小球，快来，好宝贝，快吃肝来……”无效！我急了，开始恫吓，没用。磨烦了一点来钟，二姐来了，只叫了一声“球”，“球”并没理我，可是拿我的头作桥，一跳跳到了墙头，然后拿我的脊背当梯子，一直跳到二姐的怀中。

兄弟姐妹之间，二姐是我最好的朋友。她第一个好处便是不阻碍我的工作。每逢看见我写字，她连一声都不出；我只要一客气，陪她谈几句，她立刻就搭讪着走出去。

“二姐，和球玩会儿，我去写点字。”我极亲热地说。

“你先给我写几个字吧，你不忙啊？”二姐极亲热地说。

当然我是不忙，二姐向来不讨人嫌，偶尔求我写几个字，还能驳回？

二姐是求我写封信。这更容易了。刚由墙上爬下来，正好先试试笔，稳稳腕子。

二姐的信是给她婆母的外甥女的干姥姥的姑舅兄弟的侄女婿的。二姐与我先决定了半点多钟怎样称呼他。在讨论的进程中，二姐把她婆母的、婆母的外甥女的、干姥姥的、姑舅兄弟的性格与相互的关系略微说明了一下，刚说到干姥姥怎么在光绪二十八年掉了一个牙，老田说吃午饭得了。

吃过午饭，二姐说先去睡个小盹，醒后再告诉我怎样写那封信。

我是心中搁不下事的，打算把干姥姥放在一旁而去写文章，一定会把莎士比亚写成外甥女婿。好在二姐只是去打一个小盹。

二姐的小盹打到三点半才醒，她很亲热地道歉，昨夜多打了四圈小牌。不管怎着吧，先写信。二姐想起来了，她要是到东关李家去，一定会见着那位侄女婿的哥哥，就不要写信了。

二姐走了。我开始重新整理笔墨，并且告诉老田泡一壶好茶，以便把干姥姥们从心中给刺激走。

老田把茶拿来，说，外边调查户口，问我几月的生日。“正月初一！”我告诉老田。

凡是老田认为不可信的事，他必要和别人讨论一番。他告诉巡警：他对我的生日颇有点怀疑，他记得是三月；不论如何也不能是正月初一。巡警起了疑，登时觉得有破获共产党机关的可能，非当面盘问我不可。我自然没被他们盘问短，我说正月与三月不过是阴阳历的差别，并且告诉他们我是属狗的。巡警一听到戌狗亥猪，当然把共产党忘了；又耽误了我一刻多钟。

整四点。忘了，图画展览会今天是末一天！但是，为写文章，牺牲了图画吧。又拿起笔来。只要许我拿起笔来，就万事亨通，我不怕在多么忙乱之后，也能安心写作。

门铃响了，信，好几封。放着信不看，信会闹鬼。第一封：创办老人院的捐启。第二封：三舅问我买洋水仙不买？第三封：地址对，姓名不对，是否应当打开？想了半天，看了信皮半天，笔迹，邮印，全细看过，加以福尔摩斯的判断法；没结果，放在一旁。第四封：新书目录，从头至尾看了一遍，没有我要看的书。第五封：友人求找事，急待答复。赶紧写回信，信和病一样，越耽误越难办。信写好，邮票不够了，只欠一分。叫老田，老田刚刚出去。自己跑一遭吧，反正邮局不远。

发了信，天黑了。饭前不应当写字，看看报吧。

晚饭后，吃了两个梨，为是有助于消化，好早些动手写文章。

刚吃完梨，老牛同着新近结婚的夫人来了。

老牛的好处是天生来的没心没肺。他能不管你多么忙，也不管你的脸长到什么尺寸，他要是谈起来，便把时间观念完全忘掉。不过，今天是和新妇同来，我想他决不会坐那么大的工夫。

牛夫人的好处，恰巧和老牛一样，是天生来的没心没肺。我在八点半的时候就看明白了：大概这二位是在我这里度蜜月。我的方法都使尽了：看我的稿纸，打个假造的哈欠，造谣言说要去看朋友，叫老田上钟弦，问他们什么时候安寝，顺手看看手表……老牛和牛夫人决定赛开了谁是更没心没肺。十点了，两位连半点要走的意思都没有。

“咱们到街上走走，好不好？我有点头疼。”我这么提议，心里计划着：陪他们走几步，回来还可以写个两千多字，夜静人稀更写得快：我是向来不悲观的。

随着他们走了一程，回来进门就打喷嚏，老田一定说我是着了凉，马上就去倒开水，叫我上床，好吃阿司匹灵。老田的命令是不能违抗的，我要是一定不去睡，他登时就会去请医生。也好吧，躺在床上想好了主意明天天一亮就起来写。“老田，把闹钟上到五点！”

老田又笑了，不好和老人闹气，不然的话，真想打他两个嘴巴。

身上果然有点发僵，算了吧，什么也不要想了，快睡！两眼闭死，可是不困，数一二三四，越数越有精神。大概有十一点了，老田已经停止了咳嗽。他睡了，我该起来了，反正是睡不着，何苦瞎耗光阴。被窝怪暖和的，忍一会儿再说，只忍五分钟，起来就写。肚里有点发热，阿司匹灵的功效，还倒舒服。似乎老牛又回来了，二姐，小球……“起吧，八点了！”老田在窗外叫。

“没上闹钟吗？没告诉你上在五点上吗？”我在被窝里发怒。

“谁说没上呢，把我闹醒了；您大概是受了点寒，发烧，耳朵不大灵，嘛！”

生命似乎是不属于自己的，我叹了口气。稿子应该就发出了，还一个字没有呢！

“老田，报馆没来人催稿子吗？”

“来了，说请您不必忙了，报馆昨晚被巡警封了门。”

割盲肠记

六月初来北碚，和赵清阁先生合写剧本——《桃李春风》。剧本草成，“热气团”就来了，本想回渝，因怕遇暑而止。过午，室中热至百另三四度，乃早五时起床，抓凉儿写小说。原拟写个中篇，约四万字。可是，越写越长，至九月中已得八万余字。秋老虎虽然还很利害，可是早晚到底有些凉意，遂决定在双十节前后赶出全篇，以便在十月中旬回渝。有什么样的环境，才有什么样的神经过敏。因为巴蜀“摆子”猖狂，所以我才身上一冷，便马上吃昆宁。同样的，朋友们有许多患盲肠炎的，所以我也就老觉得难免一刀之苦。在九月末旬，我的右胯与肚脐之间的那块地方，开始有点发硬；用手摸，那里有一条小肉岗儿。“坏了！”我自己放了警报：“盲肠炎！”赶紧告诉了朋友们，即使是谎报，多骗取他们一点同情也怪有意思！

朋友们的回答几乎是一致的——神经过敏！我申说部位是对的，并且量给他们看，怎奈他们还不信。我只好以自己的医学知识丰富自慰，别无办法。

过了两天，肚中的硬结依然存在。并且作了个割盲肠的梦！把梦形容给萧伯青兄。他说：恐怕是下意识的警告！第二天夜里，一夜没睡好，硬的地方开始一窝一窝地疼，就好像猛一直腰，把肠子或别处扯动了那样。一定是盲肠炎了！我静候着发烧，呕吐，和上断头台！可是，使我很失望，我并没有发烧，也没有呕吐！到底是怎回事呢？

十月四日，我去找赵清阁先生。她得过此病，一定能确切地指示我。她说，顶好去看看医生。她领我上了江苏医学院的附设医院。很巧，外科刘主任（玄三）正在院里。他马上给我检查。

“是！”刘主任说。

“暂时还不要紧吧？”我问。我想写完了小说和预支了一些稿费的剧本，再来受一刀之苦。

“不忙！慢性的！”刘主任真诚而和蔼地说。他永远真诚，所以绰号人称刘好人。

我高兴了。并非为可以缓期受刑，而是为可以先写完小说与剧本；文艺第一，盲肠次之！

可是，当我告辞的时候，刘主任把我叫住：“看看白血球吧！”

一位穿白褂子的青年给我刺了“耳朵眼”。验血。结果：一万好几百！刘主任吸了口气：“马上割吧！”我的胸中恶心了一阵，头上出了凉汗。我不怕开刀，可是小说与剧本都急待写成啊！特别是那个剧本，我已预支了三千元的稿费！同时，在顷刻之间，我又想到：白血球既然很多，想必不妙，为何等着受发烧呕吐等等苦楚来到再受一刀之苦呢？一天不割，便带着一天的心病，何不从早解决呢？

“几时割？”我问。心中很闹得慌，像要吐的样子。“今天下午！”

随着刘主任，我去交了费，定了房间。

没有吃午饭。托青兄给买了一双新布鞋，因为旧的一双的底子已经有很大的窟窿。心里说：穿新鞋子入医院，也许更能振作一些。

下午一时。自己提着布袋，去找赵先生。二时，她送我入院——她和大夫护士们都熟识。

房间很窄，颇像个棺材。可是，我的心中倒很平静，顺口答音地和大家说笑，护士们来给我打针敷消毒药，腰间围了宽布。诸事齐备，我轻轻地走入手术室，穿着新鞋。

屈着身。吴医生给我的脊梁上打了麻醉针。不很疼。护士长是德州的护士学校毕业的。她还认识我：在她毕业的时候，我正在德州讲演。这已是十年前的事了。她低声地说："舒先生，不怕啊！"我没有怕，我信任西医！况且割盲肠是个小手术。朋友们——老向，萧伯青，萧亦五，清阁，李佩珍……——都在窗外"偷"看呢，我更得扎挣着点！

下部全麻了。刘主任进来。吱——腹上还微微觉到疼。"疼啊！"我报告了一声。"不要紧！"刘主任回答。腹里捣开了乱，我猜想：刘主任的手大概是伸进去了。我不再出声。心中什么也不想。我以为这样老实地受刑，盲肠必会因受感动而也许自动地跳出来。

不过，盲肠到底是"盲肠"，不受感动！麻醉的劲儿朝上走，好像用手推着我的胃；胃部烧得非常的难过，使我再也不能忍耐。吐了两口。"胃里烧得难过呀！"我喊出来。"忍着点！马上就完！"刘主任说。我又忍着，我听得见刘主任的声音："擦汗！""小肠！""放进去！""拿钩子！""摘眼镜！"……我心里说："坏了！找不到！"我问了："找到没有？"刘主任低切地回答："马上找到！不要出声！"

窗外的朋友们比我还着急："坏了！莫非盲肠已经烂掉？"

我机械地，一会儿一问："找到没有？"而得到的回答只是："莫出声！"

苦了刘主任与助手们，室内没有电灯。两位先生立在小凳上，打着电棒。夹伤口的先生们，正如打电棒的始终不能休息片刻。整整一个钟头！

一个钟头了，盲肠还未露面！

我的鼻子上来了点怪味。大概是吴医生的声音："数一二三四！"我数了好几个一二三四，声音相当的响亮。末了，口中一噎，就像刮大风在城门洞中喝了一大口风似的我睡过去，生命成了空白。

睁开眼，我恍惚地记得梁实秋先生和伯青兄在屋中呢。其实屋中有好几位朋友，可是我似乎没有看见他们。在这以前，据朋友们告诉我，我已经出过声音，我自己一点也不记得。我的第一声是高声的喊王抗——老向的小男孩。也许是在似醒非醒之中，我看见王抗翻动我的纸笔吧，所以我大声地呼叱他；我完全记不得了。第二次出声是说了一串中学时的同学的外号：老向，范烧饼，闪电手，电话西局……弄得大家都莫名其妙。生命在这时候是一片云雾，在记忆中飘来飘去，偶然地露出一两个星星。

再睁眼，我看见刘主任坐在床沿上。我记得问他："找到没有？割了吗？"这两个问题，在好几个钟头以内始终在我的口中，因为我只记得全身麻醉以前的事。

我忘了我是在病房里，我以为我是在伯青的屋中呢。我问他："为什么我躺在这儿呢？这里多么窄小啊！"经他解释一番，我才想起我是入了医院。生命中有一段空白，也怪有趣！

一会儿，我清醒，一会儿又昏迷过去。生命像春潮似的一进一退。清醒了；我就问：找到了吗？割去了吗？

口中的味道像刚喝过一加仑汽油，出气的时候，心中舒服？吸气的时候，觉得昏昏沉沉。生命好像悬在这一呼一吸之间。

胃里作烧，脊梁酸痛，右腿不能动，因打过了一瓶盐水。不好受。我急躁，想要跳起来。苦痛而外，又有一种渺茫之感，比苦痛还难受。不管是清醒，还是昏迷着，我老觉得身上丢失了一点东西。我用手去摸。像摸钱袋或要物在身边没有那样。摸不到什么，我于失望中想起：噢，我丢失的是一块病。可是，这并不能给我安慰，好像即使是病也不该遗失；生命是全的，丢掉一根毫毛也不行！这时候，自怜与自叹控制住我自己，我觉得生命上有了伤痕，有了亏损！已经一天没吃东西；现在，连开水也不准喝一口——怕引起呕吐而震动伤口。我并不觉得怎样饥渴。胃中与脊梁上难过比饥渴更利害，可是也还挣扎去忍受。真正恼人的倒是那点渺茫之感。我没想到死，也没盼祷赶快痊愈，我甚至于忘记了赶写小说那回事。我只是飘飘摇摇地感到不安！假若他们把割下的盲肠摆在我的面前，我也许就可以捉到一点什么而安心去睡觉。他们没有这样作。我呢，就把握不到任何实际的东西，而惶惑不安。我失去了自信，不知道自己是干什么呢！因此我烦躁，发脾气，苦了看守我的朋友！

老向，璧如，伯青，齐致贤，席微膺诸兄轮流守夜；李佩珍小姐和萧亦五兄白天亦陪伴。我不知道怎样感激他们才好！医院中的护士不够用，饭食很苦，所以非有人招呼我不可。

体温最高的时候只到三十八度，万幸！虽然如此，我的唇上的皮还干裂得脱落下来，眼底有块青点，很像四眼狗。

最难过的是最初的三天。时间，在苦痛里，是最忍心的；多慢哪！每一分钟都比一天还长！到第四天，一切都换了样子；我又回到真实的世界上来，不再悬挂在梦里。

本应当十天可以出院，可是住了十六天，缝伤口的线粗了一些，不能完全消化在皮肉里；没有成脓，但是汪儿黄水。刘主任把那节不愿永远跟随着我的线抽了出来，腹上张着个小嘴。直到这小嘴完全干结我才出院。

神经过敏也有它的好处。假若我不“听见风就是雨”，而不去检查，一旦爆发，我也许要受很大的苦楚。我的盲肠部位不对。不知是何原因，它没在原处，而跑到脐的附近去，所以急得刘主任出了好几身大汗。假若等到它汇了脓再割，岂不很危险？我感谢医生们和朋友们，我似乎也觉得感谢自己的神经过敏！引为遗憾的也有二事：（一）赵清阁先生与我合写的《桃李春风》在渝上演，我未能去看。（二）家眷来渝，我也未能去迎接。我极想看到自己的妻与儿女，可是一度神经过敏教我永远不会粗心大意，我不敢冒险！

当幽默变成油抹

小二小三玩腻了：把落花生的尖端咬开一点，夹住耳唇当坠子，已经不能再作，因为耳坠不晓得是怎回事，全到了他们肚里去；还没有人能把花生吃完再拿它当耳坠！《儿童世界》上的插图也全看完了，没有一张满意的，因为据小二看，画着王家小五是王八的才能算好画，可是插画里没有这么一张。小二和王家小五前天打了一架，什么也不因为，并且一点不是小二的错，一点也不是小五的错；谁的错呢？没人知道。“小三，你当马吧？”小三这时节似乎什么也愿意干，只是不愿意当马。“再不然，咱们学狗打架玩？”小二又出了主意。“也好，可是得真咬耳朵？”小三愿事先问好，以免咬了小二的耳朵而去告诉妈妈。咬了耳朵还怎么再夹上花生当耳坠呢？小二不愿意。唱戏吧？好，唱戏。但是，先看看爸和妈干什么呢。假如爸不在家，正好偷偷地翻翻他那些杂志，有好看的图画可以撕下一两张来；然后再唱戏。

爸和妈都在书房里。爸手里拿着本薄杂志，可是没看；妈手里拿着些毛绳，可是没织；他们全笑呢。小二心里说大人也是好玩呀，不然，爸为什么拿着书不看，妈为什么拿着线不织？

爸说："真幽默，哎呀，真幽默！"爸嘴上的笑纹几乎通到耳根上去。

这几天爸常拿着那么一薄本米色皮的小书喊幽默。

小二小三自然是不懂什么叫幽默，而听成了油抹；可是油抹有什么可笑呢？小三不是为把油抹在袖口上挨过一顿打吗！大人油抹就不挨打而嘻嘻，不公道！

爸念了，一边念一边嘻嘻，眼睛有时候像要落泪，有时候一句还没念完，嘴里便哈哈哈。妈也跟着嘻嘻嘻。念的什么子路——小三听成了紫鹿——又是什么三民主义，而后嘻嘻嘻——一点也不可笑，而爸与妈偏嘻嘻嘻！

决定过去看看那小本是什么。爸不叫他们看："别这儿捣乱，一边儿玩去！"妈也说："玩去，等爸念完再来！"好像这个小薄本比什么都重要似的！也许爸和妈都吃多了；妈常说小孩子吃多了就胡闹，爸与妈也是如此。

念了半天，爸看了看表，然后把小本折好了一页，极小心地放在写字台的抽屉里："晚上再念；得出门了。"

"再念一段！"妈这半天连一针活也没作，还说再念一段呢，真不害羞！小三心里的小手指头直在脸上削，"没羞没臊，当间儿画个黑老道！"

"晚上，晚上！凑巧还许把第十期买来呢！"爸说，还是笑着。

爸爸走了，走到院里还嘻嘻呢；爸是吃多了！

妈拿着活计到里院去了。

小二小三决定要犯犯"不准动爸的书"的戒命。等妈走远了，轻轻地开了抽屉，拿出那本叫爸和妈嘻嘻的宝贝。他们全把大拇指放在嘴里咂着，大气不出地去找那招人笑的小鬼。他们以为书中必是有个小鬼，这个小鬼也许就叫做油抹。人一见油抹就要嘻嘻，或是哈哈。找了半天，一篇一篇全是黑字！有一张画，看不懂是什么，既不是小兔搬家，又不是小狗成亲，简直的什么也不像！这就可乐呀？字和这样的画要是可乐，为什么妈不许我们在墙上写字画图呢？“咱们还是唱戏去吧？”小三不耐烦了。

“小三，看，这个小盒也在这儿呢，爸不许咱们动，愣偷偷地看看？”小二建议。

已经偷看了书，为什么不再偷看看小盒？就是挨打也是一顿。小三想得很精密。

把小盒轻轻打开，喝，里边一管挨着一管，都是刷牙膏，可是比刷牙膏的管小些细些。小二把小铅盖转了转，挤，咕——挤出滑溜溜的一条小红虫来，哎呀有趣！小三的眼睁得像两个新铜子，又亮又圆。“来，我挤一个！”他另拿了管，咕——挤出条碧绿的小虫来。

一管一管，全挤过了，什么颜色的也有，真好玩！小二拿起盒里的一支小硬笔，往笔上挤了些红膏，要往牙上擦。“小二，别，万一这是爸的冻疮药呢？”

“不能，冻疮药在妈的抽屉里呢。”

“等等，不是药，也许呀，也许呀——”小三想了半天想不出是什么。

“这么着吧，小三，把小管全挤在桌上，咱们打花脸吧？”

“唱——那天你和爸听什么来着？”小三的戏剧知识只是由小二

得来的那些。

“有花脸的那个？嘀咕的嘀咕嘀嘀咕！《黄鹤楼》！”

“就唱《黄鹤楼》吧！你打红脸，我打绿脸。嘀咕嘀——”

“《黄鹤楼》里没有绿脸！”小二觉得小三对扮戏是没发言权的。

“假装的有个绿脸就得了吗！糖挑上的泥人戏出就有绿脸的。”

两个把管里的小虫全挤得越长越好，而后用小硬笔往脸上抹。

“小二，我说这不是牙膏，你瞧，还油亮油亮的呢。喝，抹在脸上有点漆得慌！”

“别说话；你的嘴直动，我怎给你画呀？！”小二给小三的腮上打些紫道，虽然小三是要打绿脸。

正这么打脸，没想到，爸回来了！

“你们俩干什么呢？干什么呢！”

“我们——”小二一慌把小刷子放在小三的头上。小三，正闭着眼等小二给画眉毛，睁开了眼。

“你们干什么？！”爸是动了气，“二十多块一盒的油！”

“对啦，爸，我们这儿油抹呢！”小三直抓腮部，因为油漆得不好受。

“什么油抹呀？”

“不是爸看这本小书的时候，跟妈说，真油抹，爸笑妈也笑吗？”

“这本小书？”爸指着桌上那本说，“从此不再看《论语》！”

爸真生了气。一下子坐在椅子上，气哼哼的，不自觉地，从衣袋里掏出一本小书——样子和桌上那本一样。

乘着爸看新买来的小书，小二小三七手八脚把小管全收在盒里，小三从头上揭下小笔，也放进去。

爸又看入了神，嘴角又慢慢往上弯。小二们的《黄鹤楼》是不敢唱了，可也不敢走开，敬候着爸的发落。爸又嘻嘻了，拍了大腿一下：“真幽默！”

小三向小二咬耳朵：“爸是假装油抹，咱们才是真油抹呢！”

文艺副产品——孩子们的事情

自从去年秋天辞去了教职，就拿写稿子挣碗“粥”吃——“饭”是吃不上的。除了星期天和闹肚子的时候，天天总动动笔，多少不拘，反正得写点儿。于是，家庭里就充满了文艺空气，连小孩们都到时候懂得说：“爸爸写字吧。”文艺产品并没能大量地生产，因为只有我这么一架机器，可是出了几样副产品，说说倒也有趣：

（一）自由故事：

须具体地说来：早九点，我拿起笔来。烟吸过三枝，笔还没落到纸上一回。小济（女，实岁数三岁半）过来检阅，见纸白如旧，就先笑一声，而后说：“爸，怎么没有字呢？”

“待一会儿就有，多多的字！”

“啊！爸，说个故事？”

我不语。

“爸快说呀，爸！”她推我的肘，表示我即使不说，反正肘部动摇也写不了字。

这时候，小乙（男，实岁数一岁半，说话时一字成句，简当而有含蓄）来了，妈妈在后面跟着。

见生力军来到，小济的声势加旺：“快说呀！快说呀！”我放下笔：“有那么一回呀——”

小乙：“回！”

小济：“你别说，爸说！”

爸：“有那么一回呀，一只大白兔——”

小乙：“兔兔！”

小济：“别——”

小乙撇嘴。

妈：“得，得，得，不哭！兔兔！”

小乙：“兔兔！”泪在眼中一转，不知转到哪里去了。

爸：“对了，有两只大白兔——”

小乙：“泡泡！”

妈：“小济，快，找小盆去！”

爸：“等等，小乙，先别撒！”随小济作快步走，床下椅下，分头找小盆，至为紧张，且喊且走，“小盆在哪儿？”只在此屋中，云深不知处，无论如何，找不到小盆。妈曳小乙疾走如风，入厕，风暴渐息。

归位，小济未忘前事：“说呀！”

爸：“那什么，有三只大白兔——”等小乙答声，我好想主意。

小乙尿后，颇镇定，把手指放在口中。

妈：“不含手指，臭！”

小乙置之不理。

小济：“说那个小猪吃糕糕的，爸！”

小乙："糕糕，吃！"他以为是到了吃点心的时候呢。妈："小猪吃糕糕，小乙不吃。"

爸说了小猪吃糕糕。说完，又拿起笔来。

小济："白兔呢？"

颇成问题！小猪吃糕糕与白兔如何联到一处呢？

门外："给点什么吃啵，太太！"

小济小乙齐声："太太！"

全家摆开队伍，由爸代表，给要饭的送去铜子儿一枚。故事告一段落。

这种故事无头无尾，变化万端，白兔不定几只，忽然转到小猪吃糕糕，若不是要饭的来解围，故事便当延续下去，谁也不晓得说到哪里去，故定名为"自由故事"。此种故事在有小孩子的家中非常方便好用，作者信口开河，随听者的启示与暗示而跌宕多姿。著者与听者打成一片，无隔膜牴触之处，其体裁既非童话，也非人话，乃一片行云流水，得天然之美，极当提倡。故事里毫无教训，而充分运用着作者与听者的想象，故甚可贵。

（二）新蝌蚪文：

在以前没有小孩的时候，我写废了稿纸，便扔在字纸篓里。自从小济会拿铅笔，此项废纸乃有出路，统统归她收藏。

我越写不上来，她越闹哄得厉害：逼我说故事，劝我带她上街，要不然就吃一个苹果，"小济一半，爸一半！"我没有办法，只好把刚写上三五句不像话的纸送给她："看这张大纸，多么白！去，找笔来，你也写字，好不好？"赶上她心顺，她就找来铅笔头儿，搬来小板凳，以椅为桌，开始写字。

她已三岁半，可是一个字不识。我不主张早教孩子们认字。我对于教养小孩，有个偏见——也许是“正”见：六岁以前，不教给她们任何东西；只劳累他们的身体，不劳累脑子。养得脸蛋儿红扑扑的，胳臂腿儿挺有劲，能蹦能闹，便是好孩子。过六岁，该受教育了，但仍不从严督促。他们有聪明，爱读书呢，好；没聪明而不爱读书呢，也好。反正有好身体才能活着，女的去作舞女，男的去拉洋车，大腿生活也就不错，不用着急。

这就可以想象到小济写的是什么字了：用铅笔一按，在格中按了个不小的黑点，突然往上或往下一拉，成个小蝌蚪。一个两个，一行两行，一次能写满半张纸。写完半张，她也照着爸的样子说：“该歇歇了！”于是去找弟弟玩耍，忘了说故事与吃苹果等要求。我就安心写作一会儿。

（三）卡通演义：

因为有书，看惯了，所以孩子们也把书当作玩艺儿。玩别的玩腻了，便念书玩。小乙的办法是把书挡住眼，口中嘟嘟嘟嘟；小济的办法是找图画念，口中唱着：一个小人儿，一个小鸟儿，又一个小人儿……俩孩子最喜爱的一本是朋友给我寄来的一本英国卡通册子，通体都是画儿，所以俩孩子争着看。他们看小人儿，大人可受了罪，他们教我给“说”呀。篇篇是讽刺画儿，我怎么“说”呢？急中生智，我顺口答音，见机而作，就景生情，把小人儿全联到一处，成为完整而又变化很多的故事。说完了，他们不记得，我也不记得；明天看，明天再编新词儿。英国的首相，在我们的故事里，叫作“大鼻子”；麦克唐纳是“大脑袋”，由小乙的建议呢，凡戴眼镜儿的都是“爸”——因为我戴眼镜儿。我们的故事总是很热闹，“大鼻子叼着烟袋锅，大脑袋张着嘴，没有烟袋，大鼻子不给他，大脑袋就生气，爸就来劝，得了，别生气……”

卡通演义比自由故事更有趣，因为照着图来说，总得设法就图造事，不能三只四只白兔的乱说。说的人既须费些思索，故事自然分外地动听，听者也就多加注意。现在，小乙不怕是把这本册子拿倒了，也能指出哪个是英国首相——“鼻！”歪打正着，这也许能帮助训练他们的观察能力；自然，没有这种好处，我们也都不在乎，反正我们的故事很热闹。

（四）改造杂志：

我们既能把卡通给孩子讲通了，那么，什么东西也不难改造了。我们每月固定地看《文学》《中流》《青年界》《宇宙风》《论语》《西风》《谈风》《方舟》；除了《方舟》是定阅的，其余全是赠阅的。此外，我们还到小书铺里去“翻”各种刊物，看着题目好，就买回来。无论是什么刊物吧，都是先由孩子们看画儿，然后大人们念字。字，有时候把大人憋住，怎念怎念不明白。画，完全没有困难。普式庚的像，罗丹的雕刻，苏联的木刻……我们都能设法讲解明白了。无论什么严重的事，只要有图，一到我们家里便变成笑话。所以我们时常感到应向各刊物的编辑道歉，可是又不便于道歉，因为我们到底是看了，而且给它们另找出一种意义来呀。

（五）新年特刊：

这是我们家中自造的刊物：用铜钉按在墙上，便是壁画；不往墙上钉呢，便是活页的杂志。用不着花印刷费，也不必征求稿件，只须全家把“画来——卖画”的卖年画的包围住，花上两三毛钱，便能五光十色地得到一大堆图画。小乙自己是胖小子，所以也爱胖小子，于是胖小子抱鱼——“富贵有余”——胖小子上树——摇钱树——便算是由他主编，自成一组。小济是主编故事组：“小叭儿狗会擀面”，“小小子坐门墩”，“探亲相骂”……都由她收藏管理，或贴在她的床前。戏出儿和渔家乐什么的算作爸与妈的，妈担任说明画上的事情，爸担任照着戏出儿整本地唱戏，文武昆乱，生末净旦丑，一概不挡，烦唱哪出就唱哪出。这一批年画儿能教全家有的说，有的看，有的唱，热闹好几个月。地上也是，墙上也是，都彩色鲜明，百读不厌。我们这个特刊是文艺、图画、戏剧、歌唱的综合；是国货艺术与民间艺术的拥护，是大人与小孩的共同恩物。看完这个特刊，再看别的杂志，我们觉得还是我们自家的东西应属第一。

好啦，就说到此处为止吧。

人事有代谢，时节一如常

随/时/的/自/在

人事有代谢，时节

我的母亲

母亲的娘家是北平德胜门外，土城儿外边，通大钟寺的大路上的一个小村里。村里一共有四五家人家，都姓马。大家都种点不十分肥美的地，但是与我同辈的兄弟们，也有当兵的，作木匠的，作泥水匠的，和当巡察的。他们虽然是农家，却养不起牛马，人手不够的时候，妇女便也须下地作活。

对于姥姥家，我只知道上述的一点。外公外婆是什么样子，我就不知道了，因为他们早已去世。至于更远的族系与家史，就更不晓得了；穷人只能顾眼前的衣食，没有功夫谈论什么过去的光荣；“家谱”这字眼，我在幼年就根本没有听说过。

母亲生在农家，所以勤俭诚实，身体也好。这一点事实却极重要，因为假若我没有这样的一位母亲，我以为我恐怕也就要大大地打个折扣了。

母亲出嫁大概是很早，因为我的大姐现在已是六十多岁的老太婆，而我的大外甥女还长我一岁啊。我有三个哥哥，四个姐姐，但能长大成人的，只有大姐，二姐，三姐，三哥与我。我是“老”儿子。生我的时候，母亲已有四十一岁，大姐二姐已都出了阁。

由大姐与二姐所嫁入的家庭来推断，在我生下之前，我的家里，大概还马马虎虎的过得去。那时候定婚讲究门当户对，而大姐丈是作小官的，二姐丈也开过一间酒馆，他们都是相当体面的人。

可是，我，我给家庭带来了不幸：我生下来，母亲晕过去半夜，才睁眼看见她的老儿子——感谢大姐，把我揣在怀中，致未冻死。

一岁半，我把父亲“克”死了。

兄不到十岁，三姐十二三岁，我才一岁半，全仗母亲独力抚养了。父亲的寡姐跟我们一块儿住，她吸鸦片，她喜摸纸牌，她的脾气极坏。为我们的衣食，母亲要给人家洗衣服，缝补或裁缝衣裳。在我的记忆中，她的手终年是鲜红微肿的。白天，她洗衣服，洗一两大绿瓦盆。她作事永远丝毫也不敷衍，就是屠户们送来的黑如铁的布袜，她也给洗得雪白。晚间，她与三姐抱着一盏油灯，还要缝补衣服，一直到半夜。她终年没有休息，可是在忙碌中她还把院子屋中收拾得清清爽爽。桌椅都是旧的，柜门的铜活久已残缺不全，可是她的手老使破桌面上没有尘土，残破的铜活发着光。院中，父亲遗留下的几盆石榴与夹竹桃，永远会得到应有的浇灌与爱护，年年夏天开许多花。

哥哥似乎没有同我玩耍过。有时候，他去读书；有时候，他去学徒；有时候，他也去卖花生或樱桃之类的小东西。母亲含着泪把他送走，不到两天，又含着泪接他回来。我不明白这都是什么事，而只觉得与他很生疏。与母亲相依为命的是我与三姐。因此，她们作事，我老在后面跟着。她们浇花，我也张罗着取水；她们扫地，我就撮土……从这里，我学得了爱花，爱清洁，守秩序。这些习惯至今还被我保存着。有客人来，无论手中怎么窘，母亲也要设法弄一点东西去款待。舅父与表哥们往往是自己掏钱买酒肉食，这使她脸上羞得飞红，可是殷勤地给他们温酒作面，又结她一些喜悦。遇上亲友家中有喜丧事，母亲必把大褂洗得干干净净，亲自去贺吊——份礼也许只是两吊小钱。到如今如我的好客的习性，还未全改，尽管生活是这么清苦，因为自幼儿看惯了的事情是不易改掉的。

姑母常闹脾气。她单在鸡蛋里找骨头。她是我家中的阎王。直到我入了中学，她才死去，我可是没有看见母亲反抗过。“没受过婆婆的气，还不受大姑子的吗？命当如此！”母亲在非解释一下不足以平服别人的时候，才这样说。是的，命当如此。母亲活到老，穷到老，辛苦到老，全是命当如此。她最会吃亏。给亲友邻居帮忙，她总跑在前面：她会给婴儿洗三——穷朋友们可以因此少花一笔“请姥姥”钱——她会刮痧，她会给孩子们剃头，她会给少妇们绞脸……凡是她能作的，都有求必应。但是吵嘴打架，永远没有她。她宁吃亏，不逗气。当姑母死去的时候，母亲似乎把一世的委屈都哭了出来，一直哭到坟地。不知道哪里来的一位侄子，声称有承继权，母亲便一声不响，教他搬走那些破桌子烂板凳，而且把姑母养的一只肥母鸡也送给他。

可是，母亲并不软弱。父亲死在庚子闹“拳”的那一年。联军入城，挨家搜索财物鸡鸭，我们被搜两次。母亲拉着哥哥与三姐坐在墙根，等着“鬼子”进门，街门是开着的。“鬼子”进门，一刺刀先把老黄狗刺死，而后入室搜索。他们走后，母亲把破衣箱搬起，才发现了我。假若箱子不空，我早就被压死了。皇上跑了，丈夫死了，鬼子来了，满城是血光火焰，可是母亲不怕，她要在刺刀下，饥荒中，保护着儿女。北平有多少变乱啊，有时候兵变了，街市整条地烧起，火团落在我们院中。有时候内战了，城门紧闭，铺店关门，昼夜响着枪炮。这惊恐，这紧张，再加上一家饮食的筹划，儿女安全的顾虑，岂是一个软弱的老寡妇所能受得起的？可是，在这种时候，母亲的心横起来，她不慌不哭，要从无办法中想出办法来。她的泪会往心中落！这点软而硬的个性，也传给了我。我对一切人与事，都取和平的态度，把吃亏看作当然的。但是，在作人上，我有一定的宗旨与基本的法则，什么事都可将就，而不能超过自己划好的界限。我怕见生人，怕办杂事，怕出头露面；但是到了非我去不可的时候，我便不得不去，正像我的母亲。从私塾到小学，到中学，我经历过起码有廿位教师吧，其中有给我很大影响的，也有毫无影响的，但是我的真正的教师，把性格传给我的，是我的母亲。母亲并不识字，她给我的是生命的教育。

当我在小学毕了业的时候，亲友一致地愿意我去学手艺，好帮助母亲。我晓得我应当去找饭吃，以减轻母亲的勤劳困苦。可是，我也愿意升学。我偷偷地考入了师范学校——制服，饭食，书籍，宿处，都由学校供给。只有这样，我才敢对母亲提升学的话。入学，要交十元的保证金。这是一笔巨款！母亲作了半个月的难，把这巨款筹到，而后含泪把我送出门去。她不辞劳苦，只要儿子有出息。当我由师范毕业，而被派为小学校校长，母亲与我都一夜不曾合眼。我只说了句：“以后，您可以歇一歇了！”她的回答只有一串串的眼泪。我入学之后，三姐结了婚。母亲对儿女是都一样疼爱的，但是假若她也有点偏爱的话，她应当偏爱三姐，因为自父亲死后，家中一切的事情都是母亲和三姐共同撑持的。三姐是母亲的右手。但是母亲知道这右手必须割去，她不能为自己的便利而耽误了女儿的青春。当花轿来到我们的破门外的时候，母亲的手就和冰一样的凉，脸上没有血色——那是阴历四月，天气很暖。大家都怕她晕过去。可是，她挣扎着，咬着嘴唇，手扶着门框，看花轿徐徐地走去。不久，姑母死了。二姐已出嫁，哥哥不在家，我又住学校，家中只剩母亲自己。她还须自晓至晚地操作，可是终日没人和她说一句话。新年到了，正赶上政府倡用阳历，不许过旧年。除夕，我请了两小时的假。由拥挤不堪的街市回到清炉冷灶的家中。母亲笑了。及至听说我还须回校，她愣住了。半天，她才叹出一口气来。到我该走的时候，她递给我一些花生，"去吧，小子！"街上是那么热闹，我却什么也没看见，泪遮迷了我的眼。今天，泪又遮住了我的眼，又想起当日孤独地过那凄惨的除夕的慈母。可是慈母不会再候盼着我了，她已入了土！

儿女的生命是不依顺着父母所设下的轨道一直前进的，所以老人总免不了伤心。我廿三岁，母亲要我结了婚，我不要。我请来三姐给我说情，老母含泪点了头。我爱母亲，但是我给了她最大的打击。时代使我成为逆子。廿七岁，我上了英国。为了自己，我给六十多岁的老母以第二次打击。在她七十大寿的那一天，我还远在异域。那天，据姐姐们后来告诉我，老太太只喝了两口酒，很早地便睡下。她想念她的幼子，而不便说出来。

七七抗战后，我由济南逃出来。北平又像庚子那年似的被鬼子占据了，可是母亲日夜惦念的幼子却跑西南来。母亲怎样想念我，我可以想象得到，可是我不能回去。每逢接到家信，我总不敢马上拆看，我怕，怕，怕，怕有那不祥的消息。人，即使活到八九十岁，有母亲便可以多少还有点孩子气。失了慈母便像花插在瓶子里，虽然还有色有香，却失去了根。有母亲的人，心里是安定的。我怕，怕，怕家信中带来不好的消息，告诉我已是失了根的花草。

去年一年，我在家信中找不到关于老母的起居情况。我疑虑，害怕。我想象得到，如有不幸，家中念我流亡孤苦，或不忍相告。母亲的生日是在九月，我在八月半写去祝寿的信，算计着会在寿日之前到达。信中嘱咐千万把寿日的详情写来，使我不再疑虑。十二月二十六日，由文化劳军的大会上回来，我接到家信。我不敢拆读。就寝前，我拆开信，母亲已去世一年了！

生命是母亲给我的。我之能长大成人，是母亲的血汗灌养的。我之能成为一个不十分坏的人，是母亲感化的。我的性格，习惯，是母亲传给的。她一世未曾享过一天福，临死还吃的是粗粮。唉！还说什么呢？心痛！心痛！

我的几个房东

初到伦敦，经艾温士教授的介绍，住在了离“城”有十多英里的一个人家里。房主人是两位老姑娘。大姑娘有点傻气，腿上常闹湿气，所以身心都不大有用。家务统由妹妹操持，她勤苦诚实，且受过相当的教育。

她们的父亲是开面包房的，死后，把面包房给了儿子，给二女一人一处小房子。她们卖出一所，把钱存在银行生息。其余的一所，就由她们合住。妹妹本可以去作，也真作过，家庭教师。可是因为姐姐需人照管，所以不出去作事，而把楼上的两间屋子租给单身的男人，进些租金。这给妹妹许多工作，她得给大家作早餐晚饭，得上街买东西，得收拾房间，得给大家洗小衣裳，得记账。这些，已足使任何一个女子累得喘不过气来。可是她于这些工作外，还得答复朋友的信，读一两段圣经，和作些针线。

她这种勤苦忠诚，倒还不是我所佩服的。我真佩服她那点独立的精神。她的哥开着面包房，到圣诞节才送给妹妹一块大鸡蛋糕！她决不去求他的帮助，就是对那一块大鸡蛋糕，她也马上还礼，送给她哥一点有用的小物件。当我快回国时去看她，她的背已很弯，发也有些白的了。

自然，这种独立的精神是由资本主义的社会制度逼出来的，可是，我到底不能不佩服她。

在她那里住过一冬，我搬到伦敦的西部去。这回是与一个叫艾支顿的合租一层楼。所以事实上我所要说的是这个艾支顿——称他为二房东都勉强一些——而不是真正的房东。我与他一气在那里住了三年。

这个人的父亲是牧师，他自己可不信宗教。当他很年轻的时候，他和一个女子由家中逃出来，在伦敦结了婚，生了三四个小孩。他有相当的聪明，好读书。专就文字方面上说，他会拉丁文，希腊文，德文，法文，程度都不坏。英文，他写得非常的漂亮。他作过一两本讲教育的书，即使内容上不怎样，他的文字之美是公认的事实。我愿意同他住在一处，差不多是为学些地道好英文。在大战时，他去投军。因为心脏弱，报不上名。他硬挤了进去。见到了军官，凭他的谈吐与学识，自然不会被叉去帐外。一来二去，他升到中校，差不多等于中国的旅长了。

战后，他拿了一笔不小的遣散费，回到伦敦，重整旧业，他又去教书。为充实学识，还到过维也纳听弗洛衣德的心理学。后来就在牛津的补习学校教书。这个学校是为工人们预备的，仿佛有点像国内的暑期学校，不过目的不在补习升学的功课。作这种学校的教员，自然没有什么地位，可是实利上并不坏：一年只作半年的事，薪水也并不很低。这个，大概是他的黄金"时代"。以身份言，中校；以学识言，有著作；以生活言，有个清闲舒服的事情。

也正是在这个时候，他和一位美国女子发生了恋爱。她出自名家，有硕士的学位。来伦敦游玩，遇上了他。她的学识正好补足他的，她是学经济的；他在补习学校演讲关于经济的问题，她就给他预备稿子。

他的夫人告了。离婚案刚一提到法厅，补习学校便免了他的职。这种案子在牛津与剑桥还是闹不得的！离婚案成立，他得到自由，但须按月供给夫人一些钱。

在我遇到他的时候，他正极狼狈。自己没有事，除了夫妇的花销，还得供给原配。幸而硕士找到了事，两份儿家都由她支持着。他空有学问，找不到事。可是两家的感情渐渐地改善，两位夫人见了面，他每月给第一位夫人送钱也是亲自去，他的女儿也肯来找他。这个，可救不了穷。穷，他还很会花钱。作过几年军官，他挥霍惯了。钱一到他手里便不会老实。他爱买书，爱吸好烟，有时候还得喝一盅。我在东方学院见了他，他到那里学华语；不知他怎么弄到手里几镑钱。便出了这个主意。见到我，他说彼此交换知识，我多教他些中文，他教我些英文，岂不甚好？为学习的方便，顶好是住在一处，假若我出房钱，他就供给我饭食。我点了头，他便找了房。

艾支顿夫人真可怜。她早晨起来，便得作好早饭。吃完，她急忙去作工，拼命地追公共汽车；永远不等车站稳就跳上去，有时把腿碰得紫里蒿青。五点下工，又得给我们作晚饭。她的烹调本事不算高明，我俩一有点不爱吃的表示，她便立刻泪在眼眶里转。有时候，艾支顿卖了一本旧书或一张画，手中摸着点钱，笑着请我们出去吃一顿。有时候我看她太疲乏了，就请他俩吃顿中国饭。在这种时节，她喜欢得像小孩子似的。

他的朋友多数和他的情形差不多。我还记得几位：有一位是个年轻的工人，谈吐很好，可是时常失业，一点也不是他的错儿，怎奈工厂时开时闭。他自然的是个社会主义者，每逢来看艾支顿，他俩便粗着脖子红着脸地争辩。艾支顿也很有口才，不过与其说他是为政治主张而争辩，还不如说是为争辩而争辩。还有一位小老头也常来，他顶可爱。德文，意大利文，西班牙文，他都能读能写能讲，但是找不到事作；闲着没事，他只为一家瓷砖厂吆喝买卖，拿一点扣头。另一位老者，常上我们这一带来给人家擦玻璃，也是我们的朋友。这个老头是位博士。赶上我们在家，他便一边擦着玻璃，一边和我们讨论文学与哲学。孔子的哲学，泰戈尔的诗，他都读过，不用说西方的作家了。

只提这么三位吧，在他们的身上使我感到工商资本主义的社会的崩溃与罪恶。他们都有知识，有能力，可是被那个社会制度捆住了手，使他们抓不到面包。成千论万的人是这样，而且有远不及他们三个的！找个事情真比登天还难！

艾支顿一直闲了三年。我们那层楼的租约是三年为限。住满了，房东要加租，我们就分离开，因为再找那样便宜，和恰好够三个人住的房子，是大不容易的。虽然不在一块儿住了，可是还时常见面。艾支顿只要手里有够看电影的钱，便立刻打电话请我去看电影。即使一个礼拜，他的手中彻底的空空如也，他也会约我到家里去吃一顿饭。自然，我去的时候也老给他们买些东西。这一点上，他不像普通的英国人，他好请朋友，也很坦然地接受朋友的约请与馈赠。有许多地方，他都带出点浪漫劲儿，但他到底是个英国人，不能完全放弃绅士的气派。

直到我回国的时际，他才找到了事——在一家大书局里作顾问，荐举大陆上与美国的书籍，经书局核准，他再找人去翻译或——若是美国的书——出英国版。我离开英国后，听说他已被那个书局聘为编辑员。

离开他们夫妇，我住了半年的公寓，不便细说；房东与房客除了交租金时见一面，没有一点别的关系。在公寓里，晚饭得出去吃，既费钱，又麻烦，所以我又去找房间。这回是在伦敦南部找到一间房子，房东是老夫妇，带着个女儿。

这个老头儿——达尔曼先生——是干什么的，至今我还不清楚。一来我只在那儿住了半年，二来英国人不喜欢谈私事，三来达尔曼先生不爱说话，所以我始终没得机会打听。偶尔由老夫妇谈话中听到一两句，仿佛他是木器行的，专给人家设计作家具。他身边常带着尺。但是我不敢说肯定的话。

半年的工夫，我听熟了他三段话——他不大爱说话，但是一高兴就离不开这三段，像留声机片似的，永远不改。第一段是贵族巴来，由非洲弄来的钻石，一小铁筒一小铁筒的！每一块上都有个记号！第二段是他作过两次陪审员，非常的光荣！第三段是大战时，一个伤兵没能给一个军官行礼，被军官打了一拳。及至看明了那是个伤兵，军官跑得比兔子还快；不然的话，非教街上的给打死不可！

除了这三段而外，假若他还有什么说的，便是重述《晨报》上的消息与意见。凡是《晨报》所说的都对！

这个老头儿是地道英国的小市民，有房，有点积蓄，勤苦，干净，什么也不知道，只晓得自己的工作是神圣的，英国人是世界上最好的人。

达尔曼太太是女性的达尔曼太太，她的意见不但得自《晨报》，而且是由达尔曼先生口中念出的那几段《晨报》，她没工夫自己去看报。

达尔曼姑娘只看《晨报》上的广告。有一回，或者是因为看我老拿着本书，她向我借一本小说。随手的我给了她一本威尔思的幽默故事。念了一段，她的脸都气紫了！我赶紧出去在报摊上给她找了本六个便士的罗曼司，内容大概是一个女招待嫁了个男招待，后来才发现这个男招待是位伯爵的承继人。这本小书使她对我又有了笑脸。

她没事作，所以在分类广告上登了一小段广告——教授跳舞。她的技术如何，我不晓得，不过她声明愿减收半费教给我的时候，我没出声。把知识变成金钱，是她，和一切小市民的格言。

她有点苦闷，没有男朋友约她出去玩耍，往往吃完晚饭便假装头疼，跑到楼上去睡觉。婚姻问题在那经济不景气的国度里，真是个没法办的问题。我看她恐怕要窝在家里！“房东太太的女儿”往往成为留学生的夫人，这是留什么外史一类小说的好材料；其实，里面的意义并不止是留学生的荒唐呀。

大地的女儿

我与史沫特莱初次会面是在一九四六年九月里，以前，闻名而不曾见过面。

见面的地点是雅斗（YADDO）。雅斗是美国纽约省的一所大花园，有一万多亩地。园内有松林、小湖、玫瑰圃、楼馆，与散在松荫下的单间书房。此园原为私产。园主是财主，而喜艺术。他死后，继承人们组织了委员会，把园子作为招待艺术家来创作的地方。这是由一九二六年开始的，到现在已招待过五百多位艺术家。招待期间，客人食宿由园中供给。

园林极美，地方幽静。这的确是安心创作的好地点。当我被约去住一个月的时候，史沫特莱正在那里撰写朱德总司令传。

客人们吃过早饭，即到林荫中的小书房去工作。游园的人们不得到书房附近来，客人们也不得凑到一处聊天。下午四点，工作停止，客人们才到一处，或打球、或散步、或划船。晚饭后，大家在一处或闲谈、或下棋、或跳舞、或喝一点酒。这样，一个月里，我差不多都能见到史沫特莱。

她最初给我的印象是：这是个烈性的女人。及至稍熟识了一点，才知道她是路见不平，拔刀相助，如烈性男儿，可又善于体贴，肯服侍人，像个婆婆妈妈的中年妇人。赶到读了她的自传，《大地的女儿》，我更明白了她是既敢冲破一切网罗束缚的战士，又是个多情的女子。因此，她非常的可爱，她在工作之暇，总是挑头儿去跳舞、下棋、或喝两杯酒。这些小娱乐与交际，使大家都愿意接近她；她既不摆架子，又不装腔作势。她真纯。她有许多印度亲戚与朋友。赶到他们来到，她就按着东方的习俗招待他们，拿出所有的钱给他们花，把自己的床让给他们睡，还给他们洗衣服、做饭。她并不因为自己思想前进，而忽略了按照着老办法招呼亲友。

虽然如此，她却无时无地不给当时的中国的解放区与苏联作宣传。在作这种宣传的时候，她还是针对着对象，适当地发言，不犯急性病。比如，有两次她到新从战场上退役的士兵里去活动，教他们不要追随着老退伍军人作反动的事情，她就约我同去，先请我陈诉蒋介石政权是多么腐烂横暴，而后她自己顺着我的话再加以说明。她并不一下子就说中国的解放区怎么好——那会教文化不高的士兵害怕，容易误认为她要劝他们加入共产党。同样的，她与一位住在雅斗的英国作家讨论世界大势的时候，她也留着神，不一下子就赶尽杀绝。那位英国作家参加过西班牙内战，痛恨法西斯主义。可是，正和许多别的英国文化人一样，他一方面反法西斯，却一方面又为英国工党政府的反动政策作辩护，反对苏联。史沫特莱有心眼，知道自己要是一个劲地说苏联好，必会劳而无功，或者弄得双方面红耳赤，下不来台。她总先提：苏联的建设是全世界的一个新理想，新试验，他就是人类的光明。因此，我们不能只就某一件事去批评苏联，而须高瞻远瞩地为苏联着想，为全人类的光明远景着想。我们若是依据着别人的话语去指摘苏联，便会减低了我们的理想，遮住了人类的光明。这种苦口婆心的，识大体的规劝，对于可左可右的知识分子是大有说服力量的。

可是，她并不老婆婆妈妈。当她看到不平的事情，她会马上冒火，准备开打。有一次，我们到市里去吃饭（雅斗园距市里有二英里，可以慢慢走去），看见邻桌坐着一男一女两位黑人。坐了二十多分钟，没有人招呼他们。女的极感不安，想要走出去，男的不肯。史沫特莱过去把他们让到我们桌上来，同时叫过跑堂的质问为什么不伺候黑人。那天，有某进步的工会正在市里开年会，她准备好，假若跑堂的出口不逊，她会马上去找开会的工人代表们，来兴师问罪。幸而，跑堂的见她声色俱厉，在她面前低了头；否则，那天会出些事故的。

后来，她来过纽约，为控诉麦克阿瑟。可惜，我没有见着她。据说：麦克阿瑟说她是红侦探，所以她一怒来到纽约起诉。她一点也没看起占据日本的加料天皇。

也因为她，雅斗后来遭受检查与检举，说那里窝藏危险人物，传播危险思想。雅斗招待过不少前进的艺术家，不过史沫特莱是最招眼毒的。

在雅斗的时候，我跟她谈到那时候国内文艺作家的贫困。她马上教我起草一封信，由她打出多少份，由她寄给美国的前进作家们。结果，我收到了大家的献金一千四百多元，存入银行。我没法子汇寄美金，又由她写信给一位住在上海的友人，教她把美金交给那时候的文协负责人。她的热心、肯受累、肯负责，令人感动、感激。

从她的精力来看，她不像个早死的人。她的死是与美国在第二次大战后，日甚一日的走向法西斯化，大有关系。单是这个恶劣倾向，已足使许多开明的知识分子感到痛苦，而史沫特莱又是身受其害的人，就不能不悲愤抑郁，以至伤害了她的健康。我不大知道她临死时的情况，但是我的确知道这几年中，美国人被压迫病了的、疯了的、自杀了的，也不在少数。

在她去世以前，我知道，她曾有机会到印度去。可是她告诉我：要走，我就再到中国去！

美国政府不允许她再到中国来，她只能留下遗嘱把尸身埋葬在她所热爱的中国去。她临死还向那要侵略中国的美国战争贩子，与诬蔑新中国的政客财阀们抗议——她的骨头要埋在中国的土地里。她是中国人民的真朋友。

在她的心里，没有国籍的种族的宗教的成见。她热爱世界上所有的劳苦大众，她自己就是劳苦出身。她受过劳苦人民所受的压迫、饥寒、折磨，所以哪里有劳苦人民的革命，她就往哪里去。她认识中国人，同情中国人，热爱中国人，死了还把尸骨托付给中国人，因为她认识了中国的革命是人民的革命。安眠吧，大地的女儿，你现在是睡在人民革命胜利了的地土中！

给茅盾兄祝寿

茅盾兄今年五十岁了。

时间有多么不从容啊！恐怕在“五四”运动中，那些想一拳打倒孔庙，另一拳打开科学与民主政治的大路的年轻小伙子们，到今天，都是四五十岁了吧！

我要落泪，白发就是白旗，从古至今还没有一个人能不向时间投降的呀！不过，这还不是我要落泪的主要原因。看看吧，五四运动中的热血青年，到今天，还有几个依旧热烈，依旧时时地提起拳头呢？哼，有的变成了官僚，有的变为富贾，有的还改为希特勒的崇拜者呀！我的天！时间要我们投降给“死”，可是我们还没等到时间拔去我们的牙，封闭了我们的耳目，我们自己就先把腿迈到地狱去，这才真可悲哀！难道人生真是个梦么？可以随便乱变，甚至于变成一条狗么？

茅盾先生变了，但是，他只变了外形。他的背已有点驼，眼有点花，而且留下胡子。他今年五十岁了，他没法阻止时间的侵略。在精神上，他可是始终没有变。在五四时代，他便是新文艺的最努力，而且也是最成功的领导者，今天他还是这样。捻着他的小胡子，他仿佛是在说：“是的，我把时间的招牌自动地挂在这里。可是，时间能把我怎样呢？刀斧么，监狱么，穷困么，疾痛么，都一样的不能叫我跪下呀！”

这样，无论他受着怎样的窘迫，他也始终不闭上他的口。他永远要说出他以为值得一说的话。勇敢使他永远年轻，而时间增高了他的智慧。他创作，他翻译，他研究，他编辑，他的勤劳与成绩，从五四到今天，老跑在我们的前面。他使我们敬爱他，甚至于忌妒他。

在抗战中，他跑到武汉，跑到新疆，跑到香港与桂林，而后又来到重庆。无论到哪里，他总是殷恳地撒播新文艺的种子，虽然这种工作会给他带来许多身体上的与精神上的痛苦。他不单认定文艺工作是有价值与愉快的，他也认定了这种工作是痛苦的，把痛苦与愉快都尝到，他得到了崇高。到重庆来，他时常的患病。可是，他并不肯以疼痛为理由而停止工作。每逢“文协”开会，他必跑几十里路来参加。遇到哪个朋友，他都拉不断扯不断地谈文艺上的问题和文艺界的掌故。深夜，他的眼已睁不开，可是还不肯闭上，他还须说下去。他的话与他的文章都是长江大河，虽然天旱也还有波涛。或者，我猜想，这也许是一部分因为时间把旧日的伙伴一个个地剔出去，他有些寂寞之感吧？

茅盾兄，你今年五十了，我希望你还再活三四十年，再写出十部八部比《子夜》更伟大的作品。时间早晚会毁灭了我们的，但是你的著作会使你永生。这样，我们连时间都不怕了，还怕别的什么呢！让我们给敢删改割裂你的文字的那些神童们祝福吧，因为今天是你的寿日，理当“赦免”他们。

四位先生

吴组缃先生的猪

从青木关到歌乐山一带，在我所认识的文友中要算吴组缃先生最为阔绰。他养着一口小花猪。据说，这小动物的身价，值六百元。

每次我去访组缃先生，必附带地向小花猪致敬，因为我与组缃先生核计过了：假若他与我共同登广告卖身，大概也不会有人出六百元来买！

有一天，我又到吴宅去。给小江——组缃先生的少爷——买了几个比醋还酸的桃子。拿着点东西，好搭讪着骗顿饭吃，否则就太不好意思了。一进门，我看见吴太太的脸比晚日还红。我心里一想，便想到了小花猪。假若小花猪丢了，或是出了别的毛病，组缃先生的阔绰便马上不存在了！一打听，果然是为了小花猪：它已绝食一天了。我很着急，急中生智，主张给它点奎宁吃，恐怕是打摆子。大家都不赞同我的主张。我又建议把它抱到床上盖上被子睡一觉，出点汗也许就好了；焉知道不是感冒呢？这年月的猪比人还娇贵呀！大家还是不赞成。后来，把猪医生请来了。我颇兴奋，要看看猪怎么吃药。猪医生把一些草药包在竹筒的大厚皮儿里，使小花猪横衔着，两头向后束在脖子上：这样，药味与药汁便慢慢走入里边去。把药包儿束好，小花猪的口中好像生了两个翅膀，倒并不难看。

虽然吴宅有此骚动，我还是在那里吃了午饭——自然稍微的有点不得劲儿！

过了四天，我又去看小花猪——这回是专程探病，绝不为看别人；我知道现在猪的价值有多大——小花猪口中已无那个药包，而且也吃点东西了。大家都很高兴，我就又就棍打腿地骗了顿饭吃，并且提出声明：到冬天，得分给我几斤腊肉。组缃先生与太太没加任何考虑便答应了。吴太太说："几斤？十斤也行！想想看，哪天它要是一病不起……"大家听罢，都出了冷汗！

马宗融先生的时间观念

马宗融先生的表大概是、我想是一个装饰品。无论约他开会，还是吃饭，他总迟到一个多钟头，他的表并不慢。

来重庆，他多半是住在白象街的作家书屋。有的说也罢，没的说也罢，他总要谈到夜里两三点钟。假若不是别人都困得不出一声了，他还想不起上床去。有人陪着他谈，他能一直坐到第二天夜里两点钟。表、月亮、太阳，都不能引起他注意到时间。

比如说吧，下午三点他须到观音岩去开会，到两点半他还毫无动静。"宗融兄，不是三点，有会吗？该走了吧？"有人这样提醒他，他马上去戴上帽子，提起那有茶碗口粗的木棒，向外走。“七点吃饭。早回来呀！”大家告诉他。他回答声“一定回来”，便匆匆地走出去。

到三点的时候，你若出去，你会看见马宗融先生在门口与一位老太婆，或是两个小学生，谈话儿呢！即使不是这样，他在五点以前也不会走到观音岩。路上每遇到一位熟人，便要谈，至少有十分钟的话。若遇上打架吵嘴的，他得过去解劝，还许把别人劝开，而他与另一位劝架的打起来！遇上某处起火，他得帮着去救。有人追赶扒手，他必然得加入，非捉到不可。看见某种新东西，他得过去问问价钱，不管买与不买。看到戏报子，马上他去借电话，问还有票没有……这样，他从白象街到观音岩，可以走一天，幸而他记得开会那件事，所以只走两三个钟头，到了开会的地方，即使大家已经散了会，他也得坐两点钟，他跟谁都谈得来，都谈得有趣，很亲切，很细腻。有人随便哼了一句二黄，他立刻请教给他；有人刚买一条绳子，他马上拿过来练习跳绳——五十岁了啊！

七点，他想起来回白象街吃饭，归路上，又照样的劝架，救火，追贼，问物价，打电话……至早，他在八点半左右走到目的地。满头大汗，三步当作两步走的。他走了进来，饭早已开过了。

所以，我们与友人定约会的时候，若说随便什么时间，早晨也好，晚上也好，反正我一天不出门，你哪时来也可以，我们便说“马宗融的时间吧”！

姚蓬子先生的砚台

作家书屋是个神秘的地方，不信你交到那里一份文稿，而三五日后再亲自去索回，你就必定不说我扯谎了。进到书屋，十之八九你找不到书屋的主人——姚蓬子先生。他不定在哪里藏着呢。他的被褥是稿子，他的枕头是稿子，他的桌上、椅上、窗台上……全是稿子。简单地说吧，他被稿子埋起来了。当你要稿子的时候，你可以看见一个奇迹。假如说尊稿是十张纸写的吧，书屋主人会由枕头底下翻出两张，由裤袋里掏出三张，书架里找出两张，窗子上揭下一张，还欠两张。你别忙，他会由老鼠洞里拉出那两张，一点也不少。

单说蓬子先生的那块砚台，也足够惊人了！那是块无法形容的石砚。不圆不方，有许多角儿，有任何角度。有一点沿儿，豁口甚多，底子最奇，四周翘起，中间的一点凸出，如元宝之背，它会像陀螺似的在桌上乱转，还会一头高一头低地倾斜，如浪中之船。我老以为孙悟空就是由这块石头跳出去的！

到磨墨的时候，它会由桌子这一端滚到那一端，而且响如快跑的马车。我每晚十时必就寝，而对门儿书屋的主人要办事办到天亮。从十时到天亮，他至少研十次墨，一次比一次响——到夜最静的时候，大概连南岸都感到一点震动。从我到白象街起，我没做过一个好梦，刚一入梦，砚台来了一阵雷雨，梦为之断。在夏天，砚一响，我就起来拿臭虫。冬天可就不好办，只好咳嗽几声，使之闻之。

现在，我已交给作家书屋一本书，等到出版，我必定破费几十元，送给书屋主人一块平底的，不出声的砚台！

何容先生的戒烟

首先要声明：这里所说的烟是香烟，不是鸦片。

从武汉到重庆，我老同何容先生在一间屋子里，一直到前年八月间。在武汉的时候，我们都吸“大前门”或“使馆”牌；小大“英”似乎都不够味儿。到了重庆，小大“英”似乎变了质，越来越“够”味儿了，“前门”与“使馆”倒仿佛没了什么意思。慢慢的，“刀”牌与“哈德门”又变成我们的朋友，而与小大“英”，不管是谁的主动吧，好像冷淡得日甚一日，不久，“刀”牌与“哈德门”又与我们发生了意见，差不多要绝交的样子。何容先生就决心戒烟！

在他戒烟之前，我已声明过：“先上吊，后戒烟！”本来吗，“弃妇抛雏”的流亡在外，吃不敢进大三元，喝么也不过是清一色（黄酒贵，只好吃点白干），女友不敢去交，男友一律是穷光蛋，住是二人一室，睡是臭虫满床，再不吸两枝香烟，还活着干吗？可是，一看何容先生戒烟，我到底受了感动，既觉自己无勇，又钦佩他的伟大；所以，他在屋里，我几乎不敢动手取烟，以免动摇他的坚决！

何容先生那天睡了十六个钟头，一枝烟没吸！醒来，已是黄昏，他便独自走出去。我没敢陪他出去，怕不留神递给他一枝烟，破了戒！掌灯之后，他回来了，满面红光，含着笑，从口袋中掏出一包土产卷烟来。“你尝尝这个，”他客气地让我，“才一个铜板一枝！有这个，似乎就不必戒烟了！没有必要！”把烟接过来，我没敢说什么，怕伤了他的尊严。面对面的，把烟燃上，我俩细细地欣赏。头一口就惊人，冒的是黄烟，我以为他误把爆竹买来了！听了一会儿，还好，并没有爆炸，就放胆继续地吸。吸了不到四五口，我看见蚊子都争着向外边飞，我很高兴。既吸烟，又驱蚊，太可贵了！再吸几口之后，墙上又发现了臭虫，大概也要搬家，我更高兴了！吸到了半支，何容先生与我也跑出去了，他低声地说：“看样子，还得戒烟！”

何容先生二次戒烟，有半天之久。当天的下午，他买来了烟斗与烟叶。“几毛钱的烟叶，够吃三四天的，何必一定戒烟呢！”他说。吸了几天的烟斗，他发现了：（一）不便携带；（二）不用力，抽不到；用力，烟油射在舌头上：（三）费洋火；（四）须天天收拾，麻烦！有此四弊，他就戒烟斗，而又吸上香烟了。“始作卷烟者。其无后乎！”他说。

最近二年，何容先生不知戒了多少次烟了，而指头上始终是黄的。

怀友

虽然家在北平，可是已有十六七年没在北平住过一季以上了。因此，对于北平的文艺界朋友就多不相识。

不喜上海，当然不常去，去了也马上就走开，所以对上海的文艺工作者认识的也很少。

有三次聚会是终生忘不掉的：一次是在北平，杨今甫与沈从文两先生请吃饭，客有两桌，酒是满坛；多么快活的日子啊！今甫先生拳高量雅，喊起来大有威风。从文先生的拳也不弱，杀得我只有招架之工，并无还手之力。那快乐的日子，我被写家们困在酒阵里！最勇敢的是叶公超先生，声高手快，连连挑战。朱光潜先生拳如其文，结结实实，一字不苟。朱自清先生不慌不忙，和蔼可爱。林徽音女士不动酒，可是很会讲话。几位不吃酒的，谈古道今，亦不寂寞，有罗膺中先生，黎锦明先生，罗莘田先生，魏建功先生……其中，莘田是我自幼的同学，我俩曾对揪小辫打架，也一同逃学去听《施公案》。他的酒量不大，那天也陪了我几杯，多么快乐的日子！这次遇到的朋友，现在大多数是在昆明，每个人都跑了几千里路。他们都最爱北平，而含泪逃出北平；什么京派不京派，他们的气节不比别人低一点呀！那次还有周作人先生，头一回见面，他现在可是还在北平，多么伤心的事！

第二次是在上海，林语堂与邵洵美先生请客，我会到沈有乾、简又文，诸先生。第三次是郑振铎先生请吃饭，我遇到茅盾，巴金，黎烈文，徐调孚，叶圣陶诸位先生。这些位写家们，在抗战中，我只会到了三位：简又文、圣陶与茅盾。在上海的，连信也不便多写，在别处的，又去来无定，无从通信。不过，可以放心的，他们都没有逃避，都没有偷闲，由友人们的报告，知道他们都勤苦地操作，比战前更努力。那可纪念的酒宴，等咱们打退了敌人是要再来一次呀！今日，我们不教酒杯碰着手，胜利是须“争”取来的啊！我们须紧握着我们的武器！

在山东住了整七年。在济南，认识了马彦祥与顾绶昌先生。在青岛，和洪深，孟超，王余杞，臧克家，杜宇，刘西蒙，王统照诸先生常在一处，而且还合编过一个暑期的小刊物。洪深先生在春天就离开青岛，孟超与杜宇先生是和我前后脚在七七以后走开的。多么可爱的统照啊，每次他由上海回家——家就在青岛——必和我喝几杯苦露酒。苦露，难道这酒名的不祥遂使我们有这长别离么？不，不是！那每到夏天必来示威的日本舰队——七十几艘，黑乎乎地把前海完全遮住，看不见了那青青的星岛——才是不祥之物呀！日本军阀不被打倒，我们的命都难全，还说什么朋友与苦露酒呢？

朋友们，我常常想念你们！在想念你们的时候，我就也想告诉你们：我在武汉，在重庆，又认识了许多许多文艺界的朋友，都贫苦，可是都快活，因为他们都团结起来，组织了文艺协会，携着手在一处工作。我也得说，他们都时时关切着你们，不但不因为山水相隔而彼此冷淡，反倒是因为隔离而更亲密。到胜利那一天啊，我们必会开一次庆祝大会，山南海北的都来赴会，用酒洗一洗我们的笔，把泪都滴在手背上，当我们握手的时候。那才是我们最快乐的日子啊！胜利不是梦想，快乐来自艰苦，让我们今日受尽了苦处，卖尽了力气，去取得胜利与快乐吧！

哭白涤洲

十月十二接到电报：“涤洲病危”。十四起身；到北平，他已过去。接到电报，隔了一天才动身，我希望在这一天再得个消息——好的。十二号以前，什么信儿都没听到，怎能忽然“病危”？涤洲的身体好，大家都晓得，所以我不信那个电报，而且深信必再有电更正。等了一天，白等；我的心凉了。在火车上我的泪始终在眼里转。车到前门，接我的是齐铁恨——他在南京作事——我俩的泪都流下来了。我恨我晚来了一天，可是铁恨早来一天也没见到“他”。十二的早晨，“他”就走了。

这完全像个梦。八月底，我们三个——涤洲、铁恨、与我——还在南京会着。多么欢喜呀！涤洲张罗着逛这儿那儿，还要陪我到上海，都被我拦住了。他先是同刘半农先生到西北去；半农先生死后，他又跑到西安去讲学。由西安跑到南京，还要随我上上海。我没叫他去。他的身体确是好，但是那么热的天，四下里跑，不是玩的。这只是我的小心；梦也梦不到他会死。他回到北平，有信来，说：又搬了家。以后，再没信了，我心里还说：他大概是忙着作文章呢。敢情他又到河南讲学去了。由河南回来就病。十二号我接到那个电报。这不像个梦？

今天翻弄旧稿，夹着他一封信——去年一月十日在西山发的。“苓儿死去……咽气恰与伊母下葬同时，使我不能不特别哀痛。在家里我抱大庄，家母抱菊，三辈四人，情形极惨。现在我跑到西山，住在第三小学的最下一个院子，偌大的地方只有我一个人。天极冷，风顶大，冰寒的月光布满了庭院，我隔着玻窗，凝望南山，回忆两礼拜来的遭遇，止不住的眼泪流下来！”

“两礼拜来的遭遇”是大孩子蓝死，夫人死，女孩苓死。跟着——老天欺侮起来好人没完！——是菊死，和白老伯死；一气去了五口。蓝是夜间死的，他一边哭一边给我写信。紧跟着又得到白夫人病故的信，我跑回北平去安慰他。他还支持着，始终不放声地哭，可是端茶碗的时候手颤。跟着又死去三口，大家都担心他。他失眠，闭上眼就看见他的孩子。可是他不喝酒，不吸烟，像棵松树似的立着。他要作好到底。现在，剩下六十多的老母，廿多岁的续娶的夫人，与五岁的大庄！人生是什么呢？

朋友里，他最好。他对谁也好。有他，大家的交情有了中心。什么都是他作，任劳任怨地作，会作，肯作，有力气作。对家人、对朋友，永远舍己从人。对事情，明知上当，还作，只求良心上过得去。他很精明，但不掏出手段；他很会办事，多一半是因为肯办，肯认真办。他就这么累死了。

对学问，他很谦虚，总说他自己“低能”。可是在事情那么忙乱的时候，他居然在音韵学上有成就，有著作。他作到别人所不能作到的了：就在家中死了五口以后，他会跑到西北去调查方音！他还笑着说呢：到外边散散心。死了五口，散心？拿调查工作散心，他不是心狠，是尽人力所及地铸造自己。他老要对得起自己，对得起朋友，对得起一生。卅五岁就死去，这样的人，只有无知的老天知道怎回事！

自我一认识他，他仿佛就是个高个子。老推平头，老穿深色的衣服，腮上胡子很重。偶尔穿上洋服，他笑自己。他知道自己不漂亮。同样，他知道自己的一切缺点。有一次，他把件绸子大衫染得发了绿头，他笑着把它藏起去："这不行，这不行，穿它还能上街？"他什么也不行，他觉得。于是高过他的人，他不巴结。低于他的人，他帮忙。对他自己，在幽默的轻视中去努力。高高的个子，灰色或蓝色的长袍，一天到晚他奔忙。他没有过人的思想，只求在他才力所及的事上、学问上、作人上，去作。他实在。说给他一件新事，或一个新的思想，他要想了，然后他拍着腿："高！高！"到此为止；他能了解，而永远不能作出来，新的。旧社会的享受，他没享受过；新的，也没享受过。他老想使别人过得去，什么新的旧的，反正自己没占了便宜。自己不占便宜就舒服。因此，他心宽。死了五口，还能支持，还替朋友办事，还努力工作，就是这个力量的果实。谁都说，过了那一场，涤洲什么也不怕了。他竟会死了！

他死的时候，一群朋友围着他，眼看着咽气，没办法。他给朋友帮过多少忙，而大家只能看着他死。他死后，由上海汉口青岛赶来许多朋友，来哭；有什么用呢？他已经死在医院了，老太太还拉着大庄给他送果子来。噢，什么也别说了吧，要惨到什么地步呢！涤洲，涤洲，我们只有哭；没用，是没用。可是，我们是哭你的价值呀。我们能找到比你俊美的人，比你学问大的人，比你思想高的人：我们到哪儿去找一位"朋友"，像你呢？

宗月大师

在我小的时候，我因家贫而身体很弱。我九岁才入学。因家贫体弱，母亲有时候想教我去上学，又怕我受人家的欺侮，更因交不上学费，所以一直到九岁我还不识一个字。说不定，我会一辈子也得不到读书的机会。因为母亲虽然知道读书的重要，可是每月间三四吊钱的学费，实在让她为难。母亲是最喜脸面的人。她迟疑不决，光阴又不等待着任何人，荒来荒去，我也许就长到十多岁了。一个十多岁的贫而不识字的孩子，很自然地去作个小买卖——弄个小筐，卖些花生、煮豌豆，或樱桃什么的。要不然就是去学徒。母亲很爱我，但是假若我能去作学徒，或提篮沿街卖樱桃而每天赚几百钱，她或者就不会坚决地反对。穷困比爱心更有力量。

有一天刘大叔偶然地来了。我说“偶然地”，因为他不常来看我们。他是个极富的人，尽管他心中并无贫富之别，可是他的财富使他终日不得闲，几乎没有工夫来看穷朋友。一进门，他看见了我。“孩子几岁了？上学没有？”他问我的母亲。他的声音是那么洪亮（在酒后，他常以学喊俞振庭的《金钱豹》自傲），他的衣服是那么华丽，他的眼是那么亮，他的脸和手是那么白嫩肥胖，使我感到我大概是犯了什么罪。我们的小屋，破桌凳，土炕，几乎禁不住他的声音的震动。等我母亲回答完，刘大叔马上决定："明天早上我来，带他上学，学钱、书籍，大姐你都不必管！"我的心跳起多高，谁知道上学是怎么一回事呢！

第二天，我像一条不体面的小狗似的，随着这位阔人去入学。学校是一家改良私塾，在离我的家有半里多地的一座道士庙里。庙不甚大，而充满了各种气味：一进山门先有一股大烟味，紧跟着便是糖精味，（有一家熬制糖球糖块的作坊）再往里，是厕所味，与别的臭味。学校是在大殿里。大殿两旁的小屋住着道士，和道士的家眷。大殿里很黑、很冷。神像都用黄布挡着，供桌上摆着孔圣人的牌位。学生都面朝西坐着，一共有三十来人。西墙上有一块黑板——这是"改良"私塾。老师姓李，一位极死板而极有爱心的中年人。刘大叔和李老师"嚷"了一顿，而后教我拜圣人及老师。老师给了我一本《地球韵言》和一本《三字经》。我于是，就变成了学生。

自从作了学生以后，我时常地到刘大叔的家中去。他的宅子有两个大院子，院中几十间房屋都是出廊的。院后，还有一座相当大的花园。宅子的左右前后全是他的房屋，若是把那些房子齐齐地排起来，可以占半条大街。此外，他还有几处铺店。每逢我去，他必招呼我吃饭，或给我一些我没有看见过的点心。他绝不以我为一个苦孩子而冷淡我，他是阔大爷，但是他不以富傲人。

在我由私塾转入公立学校去的时候，刘大叔又来帮忙。这时候，他的财产已大半出了手。他是阔大爷，他只懂得花钱，而不知道计算。人们吃他，他甘心教他们吃；人们骗他，他付之一笑。他的财产有一部分是卖掉的，也有一部分是被人骗了去的。他不管；他的笑声照旧是洪亮的。

到我在中学毕业的时候，他已一贫如洗，什么财产也没有了，只剩了那个后花园。不过，在这个时候，假若他肯用用心思，去调整他的产业，他还能有办法教自己丰衣足食，因为他的好多财产是被人家骗了去的。可是，他不肯去请律师。贫与富在他心中是完全一样的。假若在这时候，他要是不再随便花钱，他至少可以保住那座花园，和城外的地产。可是，他好善。尽管他自己的儿女受着饥寒，尽管他自己受尽折磨，他还是去办贫儿学校，粥厂，等等慈善事业。他忘了自己。就是在这个时候，我和他过往得最密。他办贫儿学校，我去作义务教师。他施舍粮米，我去帮忙调查及散放。在我的心里，我很明白：放粮放钱不过只是延长贫民的受苦难的日期，而不足以阻拦住死亡。但是，看着刘大叔那么热心，那么真诚，我就顾不得和他辩论，而只好也出点力了。即使我和他辩论，我也不会得胜，人情是往往能战败理智的。

在我出国以前，刘大叔的儿子死了。而后，他的花园也出了手。他入庙为僧，夫人与小姐入庵为尼。由他的性格来说，他似乎势必走入避世学禅的一途。但是由他的生活习惯上来说，大家总以为他不过能念念经，布施布施僧道而已，而绝对不会受戒出家。他居然出了家。在以前，他吃的是山珍海味，穿的是绫罗绸缎。他也嫖也赌。现在，他每日一餐，入秋还穿着件夏布道袍。这样苦修，他的脸上还是红红的，笑声还是洪亮的。对佛学，他有多么深的认识，我不敢说。我却真知道他是个好和尚，他知道一点便去作一点，能作一点便作一点。他的学问也许不高，但是他所知道的都能见诸实行。

出家以后，他不久就作了一座大寺的方丈。可是没有好久就被驱除出来。他是要作真和尚，所以他不惜变卖庙产去救济苦人。庙里不要这种方丈。一般地说，方丈的责任是要扩充庙产，而不是救苦救难的。离开大寺，他到一座没有任何产业的庙里作方丈。他自己既没有钱，他还须天天为僧众们找到斋吃。同时，他还举办粥厂等等慈善事业。他穷，他忙，他每日只进一顿简单的素餐，可是他的笑声还是那么洪亮。他的庙里不应佛事，赶到有人来请，他便领着僧众给人家去唪真经，不要报酬。他整天不在庙里，但是他并没忘了修持；他持戒越来越严，对经义也深有所获。他白天在各处筹钱办事，晚间在小室里作工夫。谁见到这位破和尚也不曾想到他曾是个在金子里长起来的阔大爷。

去年，有一天他正给一位圆寂了的和尚念经，他忽然闭上了眼，就坐化了。火葬后，人们在他的身上发现许多舍利。

没有他，我也许一辈子也不会入学读书。没有他，我也许永远想不起帮助别人有什么乐趣与意义。他是不是真的成了佛？我不知道。但是，我的确相信他的居心与言行是与佛相近似的。我在精神上物质上都受过他的好处，现在我的确愿意他真的成了佛，并且盼望他以佛心引领我向善，正像在三十五年前，他拉着我去入私塾那样！

他是宗月大师。

小型的复活（自传之一章）

“二十三，罗成关。”

二十三岁那一年的确是我的一关，几乎没有闯过去。

从生理上，心理上，和什么什么理上看，这句俗语确是个值得注意的警告。据一位学病理学的朋友告诉我：从十八到二十五岁这一段，最应当注意抵抗肺痨。事实上，不少人在二十三岁左右正忙着大学毕业考试，同时眼睛溜着毕业即失业那个鬼影儿；两气夹攻，身体上精神上都难悠悠自得，肺病自不会不乘虚而入。

放下大学生不提，一般的来说，过了二十一岁，自然要开始收起小孩子气而想变成个大人了；有好些二十二三岁的小伙子留下小胡子玩玩，过一两星期再剃了去，即是一证。在这期间，事情得意呢，便免不得要尝尝一向认为是禁果的那些玩艺儿；既不再自居为小孩子，就该老声老气地干些老人们所玩的风流事儿了。钱是自己挣的，不花出去岂不心中闹得慌。吃烟喝酒，与穿上绸子裤褂，还都是小事；嫖嫖赌赌，才真够得上大人味儿。要是事情不得意呢，抑郁牢骚，此其时也，亦能损及健康。老实一点的人儿，即使事情得意，而又不肯瞎闹，也总会想到找个女郎，过过恋爱生活，虽然老实，到底年轻沉不住气，遇上以恋爱为游戏的女子，结婚是一堆痛苦，失恋便许自杀。反之，天下有欠太平，顾不及来想自己，杀身成仁不甘落后，战场上的血多是这般人身上的。

可惜没有一套统计表来帮忙，我只好说就我个人的观察，这个“罗成关论”是可以立得住的。就近取譬，我至少可以抬出自己作证，虽说不上什么“科学的”，但到底也不失“有这么一回”的价值。

二十三岁那年，我自己的事情，以报酬来讲，不算十分的坏。每月我可以拿到一百多块钱。十六七年前的一百块是可以当现在二百块用的；那时候还能花十五个小铜子就吃顿饱饭。我记得：一份肉丝炒三个油撕火烧，一碗馄饨带卧两个鸡子，不过是十一二个铜子就可以开付；要是预备好十五枚作饭费，那就颇可以弄一壶白干儿喝喝了。

自然那时候的中交钞票是一块当作几角用的，而月月的薪水永远不能一次拿到，于是化整为零与化圆为角的办法使我往往须当一两票当才能过得去。若是痛痛快快地发钱，而钱又是一律现洋，我想我或者早已成个“阔佬”了。

无论怎么说吧，一百多圆的薪水总没教我遇到极大的困难；当了当再赎出来，正合“裕民富国”之道，我也就不悦不怨。每逢拿到几成薪水，我便回家给母亲送一点钱去。由家里出来，我总感到世界上非常的空寂，非掏出点钱去不能把自己快乐的与世界上的某个角落发生关系。于是我去看戏，逛公园，喝酒，买“大喜”烟吃。因为看戏有了瘾，我更进一步去和友人们学几句，赶到酒酣耳热的时节，我也能喊两嗓子；好歹不管，喊喊总是痛快的。酒量不大，而颇好喝，凑上二三知己，便要上几斤；喝到大家都舌短的时候，才正爱说话，说得爽快亲热，真露出点燕赵多慷慨悲歌之士的气概来。这的确值得记住的。喝醉归来，有时候把钱包手绢一齐交给洋车夫给保存着，第二日醒过来，于伤心中仍略有豪放不羁之感。

也学会了打牌。到如今我醒悟过来，我永远成不了牌油子。我不肯费心去算计，而完全浪漫地把胜负交与运气。我不看“地”上的牌，也不看上下家放的张儿，我只想象地希望来了好张子便成了清一色或是大三元。结果是回回一败涂地。认识了这一个缺欠以后，对牌便没有多大瘾了，打不打都可以；可是，在那时候我决不承认自己的牌臭，只要有人张罗，我便坐下了。

我想不起一件事比打牌更有害处的。喝多了酒可以受伤，但是刚醉过了，谁者不会马上再去饮，除非是借酒自杀的。打牌可就不然了，明知有害，还要往下干，有一个人说“再接着来”，谁便也舍不得走。在这时候，人好像已被那些小块块们给迷住，冷热饥饱都不去管，把一切卫生常识全抛在一边。越打越多吃烟喝茶，越输越往上撞火。鸡鸣了，手心发热，脑子发晕，可是谁也不肯不舍命陪君子。打一通夜的麻雀，我深信，比害一场小病的损失还要大得多。但是，年轻气盛，谁管这一套呢！

我只是不嫖。无论是多么好的朋友拉我去，我没有答应过一回。我好像是保留着这么一点，以便自解自慰；什么我都可以点头，就是不能再往“那里”去；只有这样，当清夜扪心自问的时候才不至于把自己整个地放在荒唐鬼之群里边去。

可是，烟，酒，麻雀，已足使我瘦弱，痰中往往带着点血！

那时候，婚姻自由的理论刚刚被青年们认为是救世的福音，而母亲暗中给我定了亲事。为退婚，我着了很大的急。既要非作个新人物不可，又恐太伤了母亲的心，左右为难，心就绕成了一个小疙疸。婚约到底是废除了，可是我得到了很重的病。

病的初起，我只觉得浑身发僵。洗澡，不出汗；满街去跑，不出汗。我知道要不妙。两三天下去，我服了一些成药，无效。夜间，我作了个怪梦，梦见我仿佛是已死去，可是清清楚楚地听见大家的哭声。第二天清晨，我回了家，到家便起不来了。

“先生”是位太医院的，给我下的什么药，我不晓得，我已昏迷不醒，不晓得要药方来看。等我又能下了地，我的头发已全体与我脱离关系，头光得像个瓷球。半年以后，我还不敢对人脱帽，帽下空空如也。

经过这一场病，我开始检讨自己：那些嗜好必须戒除，从此要格外小心，这不是玩的！

可是，到底为什么要学这些恶嗜好呢？啊，原来是因为月间有百十块的进项，而工作又十分清闲。那么，打算要不去胡闹，必定先有些正经事作；清闲而报酬优的事情只能毁了自己。

恰巧，这时候我的上司申斥了我一顿。就便辞了差。有的人说我太负气，有的人说我被迫不能不辞职，我都不去管。我去找了个教书的地方，一月挣五十块钱。在金钱上，不用说，我受了很大的损失；在劳力上自然也要多受好多的累。可是，我很快活：我又摸着了书本，一天到晚接触的都是可爱的学生们。除了还吸烟，我把别的嗜好全自自然然地放下了。挣的钱少，作的事多，不肯花钱，也没闲工夫去花。一气便是半年，我没吃醉过一回，没摸过一次牌。累了，在校园转一转，或到运动场外看学生们打球，我的活动完全在学校里，心整，生活有规律；设若再能把烟卷扔下，而多上几次礼拜堂，我颇可以成个清教徒了。

想起来，我能活到现在，而且生活老多少有些规律，差不多全是那一“关”的劳；自然，那回要是没能走过来，可就似乎有些不妥了。“二十三，罗成关”是个值得注意的警告！著者略历：

舒舍予，字老舍，现年四十岁，面黄无须。生于北平，三岁失怙，可谓无父。志学之年，帝王不存，可谓无君。无父无君，特别孝爱老母，布尔乔亚之仁未能一扫空也。幼读三百千，不求甚解。继学师范，遂奠教书匠之基。及壮，糊口四方，教书为业，甚难发财；每购奖券，以得末彩为荣，示甘于寒贱也。二十七岁，发愤著书，科学哲学无所懂，故写小说，博大家一笑，没什么了不得。三十四岁结婚，今已有一女一男，均狡猾可喜。闲时喜养花，不得其法，每每有叶无花，亦不忍弃。书无所不读，全无所获，并不着急。教书作事，均甚认真，往往吃亏，亦不后悔。如是而已，再活四十年也许能有点出息！

著有：《老张的哲学》《赵子日》《二马》《小坡的生日》《猫城记》《离婚》《赶集》《牛天赐传》《樱海集》《蛤藻集》《骆驼祥子》《火车集》，皆小说也。当继续再写八本，凑成二十本，可以搁笔矣。散碎文字，随写随扔；偶搜汇成集，如《老舍幽默诗文集》及《老牛破车》，亦不重视之。

抬头见喜

对于时节，我向来不特别地注意。拿清明说吧，上坟烧纸不必非我去不可，又搭着不常住在家乡，所以每逢看见柳枝发青便晓得快到了清明，或者是已经过去。对重阳也是这样，生平没在九月九登过高，于是重阳和清明一样的没有多大作用。

端阳，中秋，新年，三个大节可不能这么马虎过去。即使我故意躲着它们，账条是不会忘记了我的。也奇怪，一个无名之辈，到了三节会有许多人惦记着，不但来信，送账条，而且要找上门来！

设若故意躲着借款，着急，设计自杀等等，而专讲三节的热闹有趣那一面儿，我似乎是最喜爱中秋。“似乎”，因为我实在不敢说准了。幼年时，中秋是个很可喜的节，要不然我怎么还记得清清楚楚那些“兔儿爷”的样子呢？有“兔儿爷”玩，这个节必是过得十二分有劲。可是从另一方面说，至少有三次喝醉是在中秋；酒入愁肠呀！所以说“似乎”最喜爱中秋。

事真凑巧，这三次“非杨贵妃式”的醉酒我还都记得很清楚。那么，就说上一说呀。第一次是在北平，我正住在翊教寺一家公寓里。好友卢嵩庵从柳泉居运来一坛子“竹叶青”。又约来两位朋友——内中有一位是不会喝的——大家就抄起茶碗来。坛子虽大，架不住茶碗一个劲进攻；月亮还没上来，坛子已空。干什么去呢？打牌玩吧。各拿出铜元百枚，约合大洋七角多，因这是古时候的事了。第一把牌将立起来，不晓得——至今还不晓得——我怎么上了床。牌必是没打成，因为我一睁眼已经红日东升了。

第二次是在天津，和朱荫棠在同福楼吃饭，各饮绿茵陈二两。吃完饭，到一家茶肆去品茗。我朝窗坐着，看见了一轮明月，我就吐了。这回决不是酒的作用，毛病是在月亮。第三次是在伦敦。那里的秋月是什么样子，我说不上来——也许根本没有月亮其物。中国工人俱乐部里有多人凑热闹，我和沈刚伯也去喝酒。我们俩喝了两瓶葡萄酒。酒是用葡萄还是葡萄叶儿酿的，不可得而知，反正价钱很便宜；我们俩自古至今总没作过财主。喝完，各自回寓所。一上公众汽车，我的脚忽然长了眼睛，专找别人的脚尖去踩。这回可不是月亮的毛病。

对于中秋，大致如此——无论如何也不能说它坏。就此打住。

至若端阳，似乎可有可无。粽子，不爱吃。城隍爷现在也不出巡；即使再出巡，大概也没有跟随着走几里路的兴趣。樱桃真是好东西，可惜被黑白桑葚给带累坏了。

新年最热闹，也最没劲，我对它老是冷淡的。自从一记事儿起，家中就似乎很穷。爆竹总是听别人放，我们自己是静寂无哗。记得最真的是家中一张《王羲之换鹅》图。每逢除夕，母亲必把它从个神秘的地方找出来，挂在堂屋里。姑母就给说那个故事；到如今还不十分明白这故事到底有什么意思，只觉得“王羲之”三个字倒很响亮好听。后来入学，读了《兰亭序》，我告诉先生，王羲之是在我的家里。

长大了些，记得有一年的除夕，大概是光绪三十年前的一两年，母亲在院中接神，雪已下了一尺多厚。高香烧起，雪片由漆黑的空中落下，落到火光的圈里，非常的白，紧接着飞到火苗的附近，舞出些金光，即行消灭；先下来的灭了，上面又紧跟着下来许多，像一把“太平花”倒放。我还记着这个。我也的确感觉到，那年的神仙一定是真由天上回到世间。

中学的时期是最忧郁的，四五个新年中只记得一个，最凄凉的一个。那是头一次改用阳历，旧历的除夕必须回学校去，不准请假。姑母刚死两个多月，她和我们同住了三十年的样子。她有时候很厉害，但大体上说，她很爱我。哥哥当差，不能回来。家中只剩母亲一人。我在四点多钟回到家中，母亲并没有把“王羲之”找出来。吃过晚饭，我不能不告诉母亲了——我还得回校。她愣了半天，没说什么。我慢慢地走出去，她跟着走到街门。摸着袋中的几个铜子，我不知道走了多少时候，才走到学校。路上必是很热闹，可是我并没看见，我似乎失了感觉。到了学校，学监先生正在学监室门口站着。他先问我：“回来了？”我行了个礼。他点了点头，笑着叫了我一声：“你还回去吧。”这一笑，永远印在我心中。假如我将来死后能入天堂，我必把这一笑带给上帝去看。

我好像没走就又到了家，母亲正对着一枝红烛坐着呢。她的泪不轻易落，她又慈善又刚强。见我回来了，她脸上有了笑容，拿出一个细草纸包儿来：“给你买的杂拌儿，刚才一忙，也忘了给你。”母子好像有千言万语，只是没精神说。早早地就睡了。母亲也没精神。

中学毕业以后，新年，除了为还债着急，似乎已和我不发生关系。我在哪里，除夕便由我照管着哪里。别人都回家去过年，我老是早早关上门，在床上听着爆竹响。平日我也好吃个嘴儿，到了新年反倒想不起弄点什么吃，连酒不喝。在爆竹稍静了些的时节，我老看见些过去的苦境。可是我既不落泪，也不狂歌，我只静静地躺着。躺着躺着，多嗜烛光在壁上幻出一个“抬头见喜”，那就快睡去了。

北京的春节

按照北京的老规矩，过农历的新年（春节），差不多在腊月的初旬就开头了。“腊七腊八，冻死寒鸦”，这是一年里最冷的时候。可是，到了严冬，不久便是春天，所以人们并不因为寒冷而减少过年与迎春的热情。在腊八那天，人家里，寺观里，都熬腊八粥。这种特制的粥是祭祖祭神的，可是细一想，它倒是农业社会的一种自傲的表现——这种粥是用所有的各种的米，各种的豆，与各种的干果（杏仁、核桃仁、瓜子、荔枝肉、莲子、花生米、葡萄干、菱角米……）熬成的。这不是粥，而是小型的农业展览会。

腊八这天还要泡腊八蒜。把蒜瓣在这天放到高醋里，封起来，为过年吃饺子用的。到年底，蒜泡得色如翡翠，而醋也有了些辣味，色味双美，使人要多吃几个饺子。在北京，过年时，家家吃饺子。

从腊八起，铺户中就加紧地上年货，街上加多了货摊子——卖春联的、卖年画的、卖蜜供的、卖水仙花的等等都是只在这一季节才会出现的。这些赶年的摊子都教儿童们的心跳得特别快一些。在胡同里，吆喝的声音也比平时更多更复杂起来，其中也有仅在腊月才出现的，像卖宪书的、松枝的、薏仁米的、年糕的等等。

在有皇帝的时候，学童们到腊月十九日就不上学了，放年假一月。儿童们准备过年，差不多第一件事是买杂拌儿。这是用各种干果（花生、胶枣、榛子、栗子等）与蜜饯搀合成的，普通的带皮，高级的没有皮——例如：普通的用带皮的榛子，高级的用榛瓤儿。儿童们喜吃这些零七八碎儿，即使没有饺子吃，也必须买杂拌儿。他们的第二件大事是买爆竹，特别是男孩子们。恐怕第三件事才是买玩艺儿——风筝、空竹、口琴等——和年画儿。

儿童们忙乱，大人们也紧张。他们须预备过年吃的使的喝的一切。他们也必须给儿童赶快做新鞋新衣，好在新年时显出万象更新的气象。

二十三日过小年，差不多就是过新年的“彩排”。在旧社会里，这天晚上家家祭灶王，从一擦黑儿鞭炮就响起来，随着炮声把灶王的纸像焚化，美其名叫送灶王上天。在前几天，街上就有多少多少卖麦芽糖与江米糖的，糖形或为长方块或为大小瓜形。按旧日的说法：用糖粘住灶王的嘴，他到了天上就不会向玉皇报告家庭中的坏事了。现在，还有卖糖的，但是只由大家享用，并不再粘灶王的嘴了。

过了二十三，大家就更忙起来，新年眨眼就到了啊。在除夕以前，家家必须把春联贴好，必须大扫除一次，名曰扫房。必须把肉、鸡、鱼、青菜、年糕什么的都预备充足，至少足够吃用一个星期的——按老习惯，铺户多数关五天门，到正月初六才开张。假若不预备下几天的吃食，临时不容易补充。还有，旧社会里的老妈妈论，讲究在除夕把一切该切出来的东西都切出来，省得在正月初一到初五再动刀，动刀剪是不吉利的。这含有迷信的意思，不过它也表现了我们确是爱和平的人，在一岁之首连切菜刀都不愿动一动。

除夕真热闹。家家赶作年菜，到处是酒肉的香味。老少男女都穿起新衣，门外贴好红红的对联，屋里贴好各色的年画，哪一家都灯火通宵，不许间断，炮声日夜不绝。在外边作事的人，除非万不得已，必定赶回家来，吃团圆饭，祭祖。这一夜，除了很小的孩子，没有什么人睡觉，而都要守岁。

元旦的光景与除夕截然不同：除夕，街上挤满了人；元旦，铺户都上着板子，门前堆着昨夜燃放的爆竹纸皮，全城都在休息。

男人们在午前就出动，到亲戚家，朋友家去拜年。女人们在家中接待客人。同时，城内城外有许多寺院开放，任人游览，小贩们在庙外摆摊，卖茶、食品和各种玩具。北城外的大钟寺、西城外的白云观，南城的火神庙（厂甸）是最有名的。可是，开庙最初的两三天，并不十分热闹，因为人们还正忙着彼此贺年，无暇及此。到了初五六，庙会开始风光起来，小孩们特别热心去逛，为的是到城外看看野景，可以骑毛驴，还能买到那些新年特有的玩具。白云观外的广场上有赛轿车赛马的；在老年间，据说还有赛骆驼的。这些比赛并不争取谁第一谁第二，而是在观众面前表演骡马与骑者的美好姿态与技能。

多数的铺户在初六开张，又放鞭炮，从天亮到清早，全城的炮声不绝。虽然开了张，可是除了卖吃食与其他重要日用品的铺子，大家并不很忙，铺中的伙计们还可以轮流着去逛庙、逛天桥和听戏。

元宵（汤圆）上市，新年的高潮到了——元宵节（从正月十三到十七）。除夕是热闹的，可是没有月光；元宵节呢，恰好是明月当空。元旦是体面的，家家门前贴着鲜红的春联，人们穿着新衣裳，可是它还不够美。元宵节，处处悬灯结彩，整条的大街像是办喜事，火炽而美丽。有名的老铺都要挂出几百盏灯来，有的一律是玻璃的，有的清一色是牛角的，有的都是纱灯；有的各形各色，有的通通彩绘全部《红楼梦》或《水浒传》故事。这，在当年，也就是一种广告；灯一悬起，任何人都可以进到铺中参观；晚间灯中都点上烛，观者就更多。这广告可不庸俗。干果店在灯节还要作一批杂拌儿生意，所以每每独出心裁的，制成各样的冰灯，或用麦苗作成一两条碧绿的长龙，把顾客招来。

除了悬灯，广场上还放花合。在城隍庙里并且燃起火判，火舌由判官的泥像的口、耳、鼻、眼中伸吐出来。公园里放起天灯，像巨星似的飞到天空。

男男女女都出来踏月、看灯、看焰火；街上的人拥挤不动。在旧社会里，女人们轻易不出门，她们可以在灯节里得到些自由。

小孩子们买各种花炮燃放，即使不跑到街上去淘气，在家中照样能有声有光地玩耍。家中也有灯：走马灯——原始的电影——宫灯、各形各色的纸灯，还有纱灯，里面有小铃，到时候就叮叮地响。大家还必须吃汤圆呀。这的确是美好快乐的日子。

一眨眼，到了残灯末庙，学生该去上学，大人又去照常作事，新年在正月十九结束了。腊月和正月，在农村社会里正是大家最闲在的时候，而猪牛羊等也正长成，所以大家要杀猪宰羊，酬劳一年的辛苦。过了灯节，天气转暖，大家就又去忙着干活了。北京虽是城市，可是它也跟着农村社会一齐过年，而且过得分外热闹。

在旧社会里，过年是与迷信分不开的。腊八粥，关东糖，除夕的饺子，都须先去供佛，而后人们再享用。除夕要接神；大年初二要祭财神，吃元宝汤（馄饨），而且有的人要到财神庙去借纸元宝，抢烧头股香。正月初八要给老人们顺星、祈寿。因此那时候最大的一笔浪费是买香蜡纸马的钱。现在，大家都不迷信了，也就省下这笔开销，用到有用的地方去。特别值得提到的是现在的儿童只快活地过年，而不受那迷信的熏染，他们只有快乐，而没有恐惧——怕神怕鬼。也许，现在过年没有以前那么热闹了，可是多么清醒健康呢。以前，人们过年是托神鬼的庇佑，现在是大家劳动终岁，大家也应当快乐地过年。

幽默的灵魂自有道理

随/时/的/自/在

幽默的灵魂自有道

大发议论

过年是一种艺术。咱们的先人就懂得贴春联，点红灯，换灶王像，馒头上印红梅花点，都是为使一切艺术化。爆竹虽然是噪音，但“灯儿带炮”便给声音加上彩色，有如感觉派诗人所用的字眼儿。盖自有史以来，中国人本是最艺术的，其过年比任何民族都更复杂，热闹，美好，自是民族之光，亦理所当然。

以烹调而言，上自龙肝凤肺，下至姜蒜大葱，无所不吃，且都有奇妙的味道。拿板凳腿作冰激凌，只要是中国人做的，给欧西的化学家吃，他也得莫名其妙，而连声夸好；即使稍有缺点，亦不过使肚子微痛一阵而已。吃了老鼠而再吃猫，既不辨其为鼠为猫，且不在肚中表演猫捕鼠的游戏，是之谓巧夺天工。烹调的方法既巧夺天工，新年便没法儿不火炽，没法儿不是艺术的。一碗清汤，两片牛肉，而后来个硬凉苹果，如西洋红毛鬼子的办法，只足引起伤心，哪里还有心肠去快活。反之，酒有茵陈玫瑰和佛手露，佐以蜜饯果儿——红的是山楂糕，绿的是青梅，黄的是桔饼，紫的是金丝蜜枣，有如长虹吹落，碎在桌上，斑斑块块如灿艳群星，而到了口中都甜津津的，不亦乐乎！加以八碟八碗，或更倍之，各发异香，连冒出的气儿都婉转缓腻，不像馒头揭锅，热气立散；于是吃一看二，咽一块不能不点点头，喝一口不能不咂咂嘴；或汤与块齐尝，则顺流而下，不知所之，岂不快哉！脑与口与肚一体舒畅，宜乎行令猜拳，吃个七八小时也。这是艺术。做得艺术，吃得艺术，于是一肚子艺术，而后题诗壁上，剪烛梅前，入了象牙之塔，出了象牙之狗，美哉新年也！

这不过略提了提“吃”，已足使弱小民族垂涎三尺，而万国来朝。至若吃饱喝足，面色微紫，或看牌，或掷骰，或顶牛，勾心斗角，各运心思，赢了微笑，输急才骂“妈的”；至若穿新衣，逛花灯，看亲戚，接姑奶奶与小外甥……只好从略，只好从略，以免六国联军又打天津。因羡生妒，至蛮不讲理，往往有之。

到了现在，过年的艺术不但在质上，就是在量上，也正在迈进。以次数说，新年起码有两个，增多了一倍。活个七老八十，而能过一百好几十次新年，正是：五风十雨皆为瑞，一岁双年总是春。

人生七十古来稀，到而今，活五十岁而过一百次年，活不到七十也没多大关系了。这顺手儿就解决了人口过剩问题，因为活到四五十岁，已经过了一百来回年，在价值上总算过得去了；那么，五十多而仍不死，就满可以立下遗嘱，而后把自己活埋了。不过，这是附带的话；如不愿活埋呢，也无须一定这么办，活着也好。书归正传：两个新年，先过国历新年，然后再过“家历”新年。二者之间隔着那么几十天，恰好藕断丝连，顾此而不失彼，是诗意的跌宕，是艺术的沉醉，是电影的广告！前前后后三个来月，甚至于可以把冬至的馄饨接上端阳的粽子，而后紧跟着去到青岛避暑。天哪，感谢你使我们生活在中国！

可是，人心不同，也有不这样看的。记得去年在我们镇上，铺户都在“家历”新年关上了门。小徒弟们在铺内敲锣打鼓，掌柜们把脸喝得怪红。邻家二大妈一向失于修饰，也戴上了朵小红绢石榴花。私塾中的学童们把《三字经》等放在神龛后面，暂由财神奶奶妥为照管。洋学堂的秀才们也回来凑热闹，过了灯节还舍不得走。这本是为艺术而艺术，并没有什么说不过去的地方。哪知道，镇上有位爱国志士发了议论：爱国的人应当遵守国历；再说，国历是最科学的。

我也说了话。我既也是镇上的圣人之一，自然不能增他人的锐气而减自己的威风。你看，大家听了志士的议论，虽然过年如故，可是心中有点不自在。我们镇上的人向来不提倡仇货；也不赞成妇女放脚，因为缠脚是更含有国货的意味。他们不甘于作不爱国的人，但是，他们没话反攻，而爱国志士就鼻孔朝天地得意起来。我不能不开口了！我说：过年是种艺术，谈不到科学；谁能在除夕吃地质学，喝王水，外加安米尼亚？再说，国历是科学的，连洋鬼子都知道，难道堂堂的天朝选民就不晓得？二月是二十八天，正合二十八宿，中西正是一理，不过，科学是日新月异的，将来一高兴，也许二月剩八天，巧合八卦图，而十二月来上五六十来天！再说，家历月月十五有圆月，而国历月月十五有圆太阳，阳胜于阴，理当乾纲大振，大家不怕老婆。可惜，圆月之外还有新月半月等等，而太阳没有出过太阳牙。

连邻家二大妈也听出我这一套是暗含讥讽，马上给我送过来一大盘年糕；虽然我看出糕的一角似被老鼠啃去，也还很感激她。她的话比年糕的价值还大。她说：八月十五云遮月，正月十五雪打灯。假如十五没月亮，这两句古语从何应验？还有，腊月三十要是出了圆月，咱们是过年好呢，还是拜月好呢？二大妈的话实在有理。于是设法传到爱国志士耳中，省得叫他目空一切。二大妈至少比他多吃过二三十年的年糕，这不是瞎说的。

他似乎也看出八月十五云遮月的重要，可是仍然不服气。他带着讽刺的味儿说：为什么不可以把吃喝玩乐都放在国历新年；莫非是天气不够冷的？

我先回答了他这末一句。对于此点我更有话说。过去的经验不定在什么时候就会大有用处；你看，我恰巧在南洋过过一次年。在那里，元旦依然是风扇与冰激凌的天气。大家赤着脚，穿着单衫，可是拼命地放爆竹，吃年糕，贴对子，买牡丹，祭财神。天气和六月里一样，而过年还是过年。这不是冷不冷的问题。冷也得过年，热也得过年，过年是种艺术，与寒暑表的升降无关。

至于为什么不把吃喝玩乐都放在国历新年，他是只知其一，不知其二。为表示爱国，为表示科学化，我们都应当遵守国历；国历国科国学国民等等本来自成一系统。严格地说，一个国民而不欢欢喜喜地过下儿国历新年，理当斩首，号令国门。可是有一层，人当爱国，也当爱家。齐家而后能治国；试看古今多少英雄豪杰，哪个不是先把钱搂到家中，使家族风光起来，而后再谈国事？因此，国历与家历应当两存；到爱国的时候就爱国，到爱家的时候便爱家，这才称得起是圣之时者。你真要在家历新年之际，三过其门而不入，留神尊夫人罚你跪下顶灯三小时；大冷的天，不是玩的！这不是要哪个与不要哪个的问题，也不是哪个好与哪个坏的问题，而是应当下一番工夫去研究怎样过新新年，与怎样过旧新年。二者的历史不同。性质不同，时间不同，种类不同，所以过法也得不同。把旧艺术都搬到新节令上来，不但是显着驴唇不对马嘴，而且是自己剥夺了生命的享受。反之，顺着天时地利与人和，各有各的办法，各有各的味道，才能算作生活的艺术。

以国历新年说吧。过这个年得带洋味，因为它是洋钦天监给规定的。在这个新年，见面不应说“多多发财”，而须说“害怕扭一耳”。非这么办不可，你必须带出洋味，以便别于家历新年。该新则新，该旧则旧，这一向是我们的长处。你自己穿洋服去跳舞，而叫小脚夫人在家中啃窝窝头，理当如此。过年也是这样。那么，过国历新年，应在大街上高搭彩牌，以示普天同庆。大家到大饭店去喝香槟。然后，去跳舞一番，或凑几个同志打打微高尔夫。约女朋友看看电影，或去听听西洋音乐，吃些块奶油巧古力，也不失体统。若能凑几个人演一出三幕戏，偏请女客为自己来鼓掌，那更有意思。不必去给父亲拜年，你父亲自然会看到你在报纸上登的贺年小广告。可是见着父亲的时候别忘了说“害怕扭一耳”。你应当作一身新洋服。总之，你要在这个时节充分地表现出来，你是爱国，你懂得新事，你会跳舞，你会溜冰。这个年要过得似乎是洋鬼子，又不十分像；不像吧，又像。这也是一种艺术。若以酒类作喻，这是啤酒。虽然是酒，可又像汽水。拿准这个尺寸，这个新年正大有滋味，你要是不过它一下，你便永远摸不清个人与世界的关系。说到这儿，你顶好给美国总统写个贺年片，贴足邮票寄去。他要是不回拜的话，那是他的错儿，你居心无愧。

这么过了一个年，然后再等过那一个，艺术上的对照法。一个是浪漫的，摩登的，香槟与裸体美人的；一个是写实的，遗传的，家长里短的。你身过二年，胃收百味，是沟通东西文化的活水，是香槟与陈绍的产儿，是一切的一切！

应当再说怎过旧新年。不过，你早就知道。只须告诉你一句：无论是在哪个新年，总不应该还债。还有一句——只是一句了——在旧新年元旦出门，必先看好喜神是在哪一方；国历新年则不受此限制，你拿着顶出来也好。

爱国志士听了这一番高论，茅塞一顿一顿地都开了，托二大妈来约我去打几圈小麻雀，遂单刀赴会焉。

英国人

据我看，一个人即使承认英国人民有许多好处，大概也不会因为这个而乐意和他们交朋友。自然，一个有金钱与地位的人，走到哪里也会受欢迎；不过，在英国也比在别国多些限制。比如以地位说吧，假如一个作讲师或助教的，要是到了德国或法国，一定会有些人称呼他“教授”。不管是出于诚心吧，还是捧场；反正这是承认教师有相当的地位，是很显然的，在英国，除非他真正是位教授，绝不会有人来招呼他。而且，这位教授假若不是牛津或剑桥的，也就还差点劲儿。贵族也是如此，似乎只有英国国产贵族才能算数儿。

至于一个平常人，尽管在伦敦或其他的地方住上十年八载，也未必能交上一个朋友。是的，我们必须先交代明白，在资本主义的社会里，大家一天到晚为生活而奔忙，实在找不出闲工夫去交朋友；欧西各国都是如此，英国并非例外。不过，即使我们承认这个，可是英国人还有些特别的地方，使他们更难接近。一个法国人见着个生人，能够非常地亲热，越是因为这个生人的法国话讲得不好，他才越愿指导他。英国人呢，他以为天下没有会讲英语的，除了他们自己，他干脆不愿答理一个生人。一个英国人想不到一个生人可以不明白英国的规矩，而是一见到生人说话行动有不对的地方，马上认为这个人是野蛮，不屑于再招呼他。英国的规矩又偏偏是那么多！他不能想象到别人可以没有这些规矩，而另有一套；不，英国的是一切；设若别处没有那么多的雾，那根本不能算作真正的天气！

除了规矩而外，英国人还有好多不许说的事：家中的事，个人的职业与收入，通通不许说，除非彼此是极亲近的人。一个住在英国的客人，第一要学会那套规矩，第二要别乱打听事儿，第三别谈政治，那么，大家只好谈天气了，而天气又是那么不得人心。自然，英国人很有的说，假若他愿意：他可以讲论赛马、足球、养狗、高尔夫球等等；可是咱又许不大晓得这些事儿。结果呢，只好对愣着。对了，还有宗教呢，这也最好不谈。每个英国人有他自己开阔的到天堂之路，乘早儿不用惹麻烦。连书籍最好也不谈，一般地说，英国人的读书能力与兴趣远不及法国人。能念几本书的差不多就得属于中等阶级，自然我们所愿与谈论书籍的至少是这路人。这路人比谁的成见都大，那么与他们闲话书籍也是自找无趣的事。多数的中等人拿读书——自然是指小说了——当作一种自己生活理想的佐证。一个普通的少女，长得有个模样，嫁了个驶汽车的；在结婚之夕才证实了，他原来是个贵族，而且承袭了楼上有鬼的旧宫，专是壁上的挂图就值多少百万！读惯这种书的，当然很难想到别的事儿，与他们谈论书籍和捣乱大概没有甚么分别。中上的人自然有些识见了，可是很难遇到啊。况且有些识见的英国人，根本在英国就不大被人看得起；他们连拜伦、雪莱和王尔德还都逐出国外去，我们想跟这样人交朋友——即使有机会无疑的也会被看作成怪物的。

我真想不出，彼此不能交谈，怎能成为朋友。自然，也许有人说：不常交谈，那么遇到有事需要彼此的帮忙，便丁对丁、卯对卯地去办好了；彼此有了这样干脆了当的交涉与接触，也能成为朋友，不是吗？是的，求人帮助是必不可免的事，就是在英国也是如是；不过英国人的脾气还是以能不求人为最好。他们的脾气即是这样，他们不求你，你也就不好意思求他了。多数的英国人愿当鲁滨孙，万事不求人。于是他们对别人也就不愿多伸手管事。况且，他们即使愿意帮忙你，他们是那样的沉默简单，事情是给你办了，可是交情仍然谈不到。当一个英国人答应了你办一件事，他必定给你办到。可是，跟他上火车一样，非到车已要开了，他不露面。你别去催他，他有他的稳当劲儿。等办完了事，他还是不理你，直等到你去谢谢他，他才微笑一笑。到底还是交不上朋友，无论你怎样上前巴结。假若你一个劲儿奉承他或讨他的好，他也许告诉你："请少来吧，我忙！"这自然不是说，英国就没有一个和气的人。不，绝不是。一个和气的英国人可以说是最有礼貌，最有心路，最体面的人。不过，他的好处只能使你钦佩他，他有好些地方使人不便和他套交情。他的礼貌与体面是一种武器，使人不敢离他太近了。就是顶和气的英国人，也比别人端庄得多；他不喜欢法国式的亲热——你可以看见两个法国男人互吻，可是很少见一个英国人把手放在另一个英国人的肩上，或搂着脖儿。两个很要好的女友在一块儿吃饭，设若有一个因为点儿原故而想把自己的菜让给友人一点，你必会听到那个女友说："这不是羞辱我吗？"男人就根本不办这样的傻事。是呀，男人对于让酒让烟是极普遍的事，可是只限于烟酒，他们不会肥马轻裘与友共之。

这样讲，好像英国人太别扭了。别扭，不错；可是他们也有好处。你可以永远不与他们交朋友，但你不能不佩服他们。事情都是两面的。英国人不愿轻易替别人出力，他可也不来讨厌你呀。他的确非常高傲，可是你要是也沉住了气，他便要佩服你。一般地说，英国人很正直。他们并不因为自傲而蛮不讲理。对于一个英国人，你要先估量估量他的身份，再看看你自己的价值，他要是像块石头，你顶好像块大理石；硬碰硬，而你比他更硬。他会承认他的弱点。他能够很体谅人，很大方，但是他不愿露出来；你对他也顶好这样。设若你准知道他要向灯，你就顶好也先向灯，他自然会向火；他喜欢表示自己有独立的意见。他的意见可老是意见，假若你说得有理，到办事的时候他会牺牲自己的意见，而应怎么办就怎么办。你必须知道，他的态度虽是那么沉默孤高，像有心事的老驴似的，可是他心中很能幽默一气。他不轻易向人表示亲热，可也不轻易生气，到他说不过你的时候，他会以一笑了之。这点幽默劲儿使英国人几乎成为可爱的了。他没火气，他不吹牛，虽然他很自傲自尊。

所以，假若英国人成不了你的朋友，他们可是很好相处。他们该办什么就办什么，不必你去套交情；他们不因私交而改变作事该有的态度。他们的自傲使他们对人冷淡，可是也使他们自重。他们的正直使他们对人不客气，可也使他们对事认真。你不能拿他当作吃喝不分的朋友，可是一定能拿他当个很好的公民或办事人。就是他的幽默也不低级讨厌，幽默助成他作个贞脱儿曼，不是弄鬼脸逗笑。他并不老实，可是他大方。

他们不爱着急，所以也不好讲理想。胖子不是一口吃起来的，乌托邦也不是一步就走到的。往坏了说，他们只顾眼前；往好里说，他们不乌烟瘴气。他们不爱听世界大同，四海兄弟，或那顶大顶大的计划。他们愿一步一步慢慢地走，走到哪里算哪里。成功呢，好；失败呢，再干。英国兵不怕打败仗。英国的一切都好像是在那儿敷衍呢，可是他们在各种事业上并不是不求进步。这种骑马找马的办法常常使人以为他们是狡猾，或守旧；狡猾容或有之，守旧也是真的，可是英国人不在乎，他有他的主意。他深信常识是最可宝贵的，慢慢走着瞧吧。萧伯纳可以把他们骂得狗血喷头，可是他们会说：“他是爱尔兰的呀！”他们会随着萧伯纳笑他们自己，但他们到底是他们——萧伯纳连一点办法也没有！

这些，可只是个简单的，大概的，一点由观察得来的印象。一般地说，也许大致不错；应用到某一种或某一个英国人身上，必定有许多欠妥当的地方。概括的论断总是免不了危险的。

小病

大病往往离死太近，一想便寒心，总以不患为是。即使承认病死比杀头活埋剥皮等死法光荣些，到底好死不如歹活着。半死不活的味道使盖世的英雄泪下如涌呀。拿死吓唬任何生物是不人道的。大病专会这么吓唬人，理当回避，假若不能扫除净尽。

可是小病便当另作一说了。山上的和尚思凡，比城里的学生要厉害许多。同样，楚霸王不害病则没得可说，一病便了不得。生活是种律动，须有光有影，有左有右，有晴有雨；滋味就含在这变而不猛的曲折里。微微暗些，然后再明起来，则暗得有趣，而明乃更明；且至明过了度，忽然烧断，如百烛电灯泡然。这个，照直了说，便是小病的作用。常患些小病是必要的。

所谓小病，是在两种小药的能力圈内，阿司匹灵与清瘟解毒丸是也。这两种药所不治的病，顶好快去请大夫，或者立下遗嘱，备下棺材，也无所不可，咱们现在讲的是自己能当大夫的“小”病。这种小病，平均每个半月犯一次就挺合适。一年四季，平均犯八次小病，大概不会再患什么重病了。自然也有爱患完小病再患大病的人，那是个人的自由，不在话下。

咱们说的这类小病很有趣。健康是幸福；生活要趣味。所以应当讲说一番：

小病可以增高个人的身份。不管一家大小是靠你吃饭，还是你白吃他们，日久天长，大家总对你冷淡。假若你是挣钱的，你越尽责，人们越挑眼，好像你是条黄狗，见谁都得连忙摆尾；一尾没摆到，即使不便明言，也暗中唾你几口。不大离的你必得病一回，必得！早晨起来，哎呀，头疼！买清瘟解毒丸去，还有阿司匹灵吗？不在乎要什么，要的是这个声势，狗的地位提高了不知多少。连懂点事的孩子也要闭眼想想了——这棵树可是倒不得呀！你在这时节可以发散发散狗的苦闷了，卫生的要术。你若是个白吃饭的，这个方法也一样灵验。特别是妈妈与老嫂子，一见你真需要阿司匹灵，她们会知道你没得到你所应得的尊敬，必能设法安慰你：去听听戏，或带着孩子们看电影去吧？她们诚意地向你商量，本来你的病是吃小药饼或看电影都可以治好的，可是你的身份高多了呢。在朋友中，社会中，光景也与此略同。

此外，小病两日而能自己治好，是种精神的胜利。人就是别投降给大夫。无论国医西医，一律招惹不得。头疼而去找西医，他因不能断证——你的病本来不算什么——一定嘱告你住院，而后详加检验，发现了你的小脚指头不是好东西，非割去不可。十天之后，头疼确是好了，可是足指剩了九个。国医文明一些，不提小脚指头这一层，而说你气虚，一开便是二十味药，他越摸不清你的脉，越多开药，意在把病吓跑。就是不找大夫。预防大病来临，时时以小病发散之，而小病自己会治，这就等于“吃了萝卜喝热茶，气得大夫满街爬！”有宜注意者：不当害这种病时，别害。头疼，大则失去一个王位，小则能惹出是非。设个小比方：长官约你陪客，你说头疼不去，其结果有不易消化者。怎样利用小病，须在全部生活艺术中搜求出来。看清机会，而后一想象，乃由无病而有病，利莫大焉。

这个，从实际上看，社会上只有一部分人能享受，差不多是一种雅好的奢侈。可是，在一个理想国里，人人应该有这个自由与享受。自然，在理想国内也许有更好的办法；不过，什么办法也不及这个浪漫，这是小品病。

多鼠斋杂谈

一 戒酒

并没有好大的量，我可是喜欢喝两杯儿。因吃酒，我交下许多朋友——这是酒的最可爱处。大概在有些酒意之际，说话作事都要比平时豪爽真诚一些，于是就容易心心相印，成为莫逆。人或者只在“喝了”之后，才会把专为敷衍人用的一套生活八股抛开，而敢露一点锋芒或“谬论”——这就减少了我脸上的俗气，看着红扑扑的，人有点样子！

自从在社会上作事至今的廿五六年中，虽不记得一共醉过多少次，不过，随便地一想，便颇可想起“不少”次丢脸的事来。所谓丢脸者，或者正是给脸上增光的事，所以我并不后悔。酒的坏处并不在撒酒疯，得罪了正人君子——在酒后还无此胆量，未免就太可怜了！酒的真正的坏处是它伤害脑子。

“李白斗酒诗百篇”是一位诗人赠另一位诗人的夸大的谀赞。据我的经验，酒使脑子麻木、迟钝，并不能增加思想产物的产量。即使有人非喝醉不能作诗，那也是例外，而非正常。在我患贫血病的时候，每喝一次酒，病便加重一些；未喝的时候若患头“昏”，喝过之后便改为“晕”了，那妨碍我写作！

对肠胃病更是死敌。去年，因医治肠胃病，医生严嘱我戒酒。从去岁十月到如今，我滴酒未入口。

不喝酒，我觉得自己像哑吧了：不会嚷叫，不会狂笑，不会说话！啊，甚至于不会活着了！可是，不喝也有好处，肠胃舒服，脑袋昏而不晕，我便能天天写一二千字！虽然不能一口气吐出百篇诗来，可是细水长流地写小说倒也保险；还是暂且不破戒吧！

二 戒烟

戒酒是奉了医生之命，戒烟是奉了法弊的命令。什么？劣如“长刀”也卖百元一包？老子只好咬咬牙，不吸了！

从廿二岁起吸烟，至今已有一世纪的四分之一。这廿五年养成的习惯，一旦戒除可真不容易。

吸烟有害并不是戒烟的理由。而且，有一切理由，不戒烟是不成。戒烟凭一点“火儿”。那天，我只剩了一支“华丽”。一打听，它又长了十块！三天了，它每天长十块！我把这一支吸完，把烟灰碟擦干净，把洋火放在抽屉里。我“火儿”啦，戒烟！

没有烟，我写不出文章来。廿多年的习惯如此。这几天，我硬撑！我的舌头是木的，嘴里冒着各种滋味的水，嗓门子发痒，太阳穴微微地抽着疼！——顶要命的是脑子里空了一块！不过，我比烟要更厉害些：尽管你小子给我以各样的毒刑，老子要挺一挺给你看看！

毒刑夹攻之后，它派来会花言巧语的小鬼来劝导："算了吧，也总算是个老作家了，何必自苦太甚！况且天气是这么热；要戒，等到秋凉，总比较的要好受一点呀！"

"去吧！魔鬼！咱老子的一百元就是不再买又霉、又臭、又硬、又伤天害理的纸烟！"

今天已是第六天了，我还撑着呢！长篇小说没法子继续写下去；谁管它！除非有人来说："我每天送你一包'骆驼'，或廿支'华福'，一直到抗战胜利为止！"我想我大概不会向"人头狗"和"长刀"什么的投降的！

三　戒茶

我既已戒了烟酒而半死不活，因思莫若多加几种，爽性快快地死了倒也干脆。

谈再戒什么呢？

戒荤吗？根本用不着戒，与鱼不见面者已整整二年，而猪羊肉近来也颇疏远。还敢说戒？平价之米，偶而有点油肉相佐，使我绝对相信肉食者"不鄙"！若只此而戒除之，则腹中全是平价米，而人也决变为平价人，可谓"鄙"矣！不能戒荤！

必不得已，只好戒茶。

我是地道中国人，咖啡、蔻蔻、汽水、啤酒，皆非所喜，而独喜茶。有一杯好茶，我便能万物静观皆自得。烟酒虽然也是我的好友，但它们都是男性的——粗莽，热烈，有思想，可也有火气——未若茶之温柔，雅洁，轻轻的刺戟，淡淡的相依；茶是女性的。

我不知道戒了茶还怎样活着，和干吗活着。但是，不管我愿意不愿意，近来茶价的增高已教我常常起一身小鸡皮疙瘩！

茶本来应该是香的，可是现在卅元一两的香片不但不香，而且有一股子咸味！为什么不把咸蛋的皮泡泡来喝，而单去买咸茶呢？六十元一两的可以不出咸味，可也不怎么出香味，六十元一两啊！谁知道明天不就又长一倍呢！

恐怕呀，茶也得戒！我想，在戒了茶以后，我大概就有资格到西方极乐世界去了——要去就抓早儿，别把罪受够了再去！想想看，茶也须戒！

四　猫的早餐

多鼠斋的老鼠并不见得比别家的更多，不过也不比别处的少就是了。前些天，柳条包内，棉袍之上，毛衣之下，又生了一窝。

没法不养只猫子了，虽然明知道一买又要一笔钱，“养”也至少须费些平价米。

花了二百六十元买了只很小很丑的小猫来。我很不放心。单从身长与体重说，厨房中的老一辈的老鼠会一日咬两只这样的小猫的。我们用麻绳把咪咪拴好，不光是怕它跑了，而是怕它不留神碰上老鼠。

我们很怕咪咪会活不成的，它是那么瘦小，而且终日那么团着身哆哩哆嗦的。

人是最没办法的动物，而他偏偏爱看不起别的动物，替它们担忧。

吃了几天平价米和煮包谷，咪咪不但没有死，而且欢蹦乱跳的了。它是个乡下猫，在来到我们这里以前，它连米粒与包谷粒大概也没吃过。

我们总觉得有点对不起咪咪——没有鱼或肉给它吃，没有牛奶给它喝。猫是食肉动物，不应当吃素！

可是，这两天，咪咪比我们都要阔绰了；人才真是可怜虫呢！昨天，我起来相当的早，一开门咪咪骄傲地向我叫了一声，右爪按着个已半死的小老鼠。咪咪的旁边，还放着一大一小的两个死蛙——也是咪咪咬死的，而不屑于去吃，大概死蛙的味道不如老鼠的那么香美。

我怔住了，我须戒酒，戒烟、戒茶、甚至要戒荤，而咪咪——会有两只蛙，一只老鼠作早餐！说不定，它还许已先吃过两三个蚱蜢了呢！

五　最难写的文章

或问：什么文章最难写？

答：自己不愿意写的文章最难写。比如说：邻居二大爷年七十，无疾而终。二大爷一辈子吃饭穿衣，喝两杯酒，与常人无异。他没立过功，没立过言。他少年时是个连模样也并不惊人的少年，到老年也还是个平平常常的老人，至多，我只能说他是个安分守己的好公民。

可是，文人的灾难来了！二大爷的儿子——大学毕业，现在官居某机关科员——送过来讣文，并且诚恳地请赐挽词。我本来有两句可以赠给一切二大爷的挽词："你死了不能再见，想起来好不伤心！"可是我不敢用它来搪塞二大爷的科员少爷，怕他说我有意侮辱他的老人。我必须另想几句——近邻，天天要见面，假若我决定不写，科员少爷会恼我一辈子的。可是，老天爷，我写什么呢?

在这很为难之际，我真佩服了从前那些专凭作挽诗寿序挣吃饭的老文人了！你看，还以二大爷这件事为例吧，差不多除了扯谎，就简直没法写出一个字。我得说二大爷天生的聪明绝顶，可是还"别"说他虽聪明绝顶，而并没著过书，没发明过什么东西，和他在算钱的时候总是脱了袜子的。是的，我得把别人的长处硬派给二大爷，而把二大爷的短处一字不题。这不是作诗或写散文，而是替死人来骗活人！我写不好这种文章，因为我不喜欢扯谎。

在挽诗与寿序等而外，就得算"九一八""双十"与"元旦"什么的最难写了。年年有个元旦，年年要写元旦，有什么好写呢？每逢接到报馆为元旦增刊征文的通知，我就想这样回复："死去吧！省得年年教我吃苦！"可是又一想，它死了岂不又须作挽联啊？于是只好按住心头之火，给它拼凑几句——这不是我作文章，而是文章作我！说到这里，相应提出"救救文人！"的口号，并且希望科员少爷与报馆编辑先生网开一面，叫小子多活两天！

六 最可怕的人

我最怕两种人：第一种是这样的——凡是他所不会的，别人若会，便是罪过。比如说：他自己写不出幽默的文字来，所以他把幽默文学叫作文艺的脓汁，而一切有幽默感的文人都该加以破坏抗战的罪过。他不下一番工夫去考查考查他所攻击的东西到底是什么，而只因为他自己不会，便以为那东西该死。这是最要不得的态度，我怕有这种态度的人，因为他只会破坏，对人对己都全无好处。假若他作公务员，他便只有忌妒，甚至因忌妒别人而自己去作汉奸；假若他是文人，他便也只会忌妒，而一天到晚浪费笔墨，攻击别人，且自鸣得意，说自己颇会批评——其实是扯淡！这种人乱骂别人，而自己永不求进步；他污秽了批评，且使自己的心里堆满了尘垢。

第二种是无聊的人。他的心比一个小酒盅还浅，而面皮比墙还厚。他无所知，而自信无所不知。他没有不会干的事，而一切都莫名其妙。他的谈话只是运动运动唇齿舌喉，说不说与听不听都没有多大关系。他还在你正在工作的时候来“拜访”。看你正忙着，他赶快就说，不耽误你的工夫。可是，说罢便安然坐下了——两个钟头以后，他还在那儿坐着呢！他必须谈天气，谈空袭，谈物价，而且随时给你教训：“有警报还是躲一躲好！”或是“到八月节物价还要涨！”他的这些话无可反驳，所以他会百说不厌，视为真理。我真怕这种人，他耽误了我的时间，而自杀了他的生命！

七 衣

对于英国人，我真佩服他们的穿衣服的本领。一个有钱的或善交际的英国人，每天也许要换三四次衣服。开会，看赛马，打球，跳舞……都须换衣服。据说：有人曾因穿衣脱衣的麻烦而自杀。我想这个自杀者并不是英国人。英国人的忍耐性使他们不会厌烦“穿”和“脱”，更不会使他们因此而自杀。

我并不反对穿衣要整洁，甚至不反对衣服要漂亮美观。可是，假若教我一天换几次衣服，我是也会自杀的。想想看，系钮扣解钮扣，是多么无聊的事！而钮扣又是那么多，那么不灵敏，那么不起好感，假若一天之中解了又系，系了再解，至数次之多，谁能不感到厌世呢！

在抗战数年中，生活是越来越苦了。既要抗战，就必须受苦，我决不怨天尤人。再进一步，若能从苦中求乐，则不但可以不出怨言，而且可以得到一些兴趣，岂不更好呢！在衣食住行人生四大麻烦中，食最不易由苦中求乐，菜根香一定香不过红烧蹄膀！菜根使我贫血；“狮子头”却使我壮如雄狮！

住和行虽然不像食那样一点不能将就，可是也不会怎样苦中生乐。三伏天住在火炉子似的屋内，或金鸡独立地在汽车里挤着，我都想掉泪，一点也找不出乐趣。

只有穿的方面，一个人确乎能由苦中找到快活。七七抗战后，由家中逃出，我只带着一件旧夹袍和一件破皮袍，身上穿着一件旧棉袍。这三袍不够四季用的，也不够几年用的。所以，到了重庆，我就添置衣裳。主要的是灰布制服。这是一种“自来旧”的布作成的，一下水就一蹶不振，永远难看。吴组缃先生名之为斯文扫地的衣服。可是，这种衣服给我许多方便——简直可以称之为享受！我可以穿着裤子睡觉，而不必担心裤缝直与不直；它反正永远不会直立。我可以不必先看看座位，再去坐下；我的宝裤不怕泥土污秽，它原是自来旧。雨天走路，我不怕汽车。晴天有空袭，我的衣服的老鼠皮色便是伪装。这种衣服给我舒适，因而有亲切之感。它和我好像多年的老夫妻，彼此有完全的了解，没有一点隔膜。我希望抗战胜利之后，还老穿着这种困难衣，倒不是为省钱，而是为舒服。

八　行

朋友们屡屡函约进城，始终不敢动。“行”在今日，不是什么好玩的事。看吧，从北碚到重庆第一就得出“挨挤费”一千四百四十元。所谓挨挤费者就是你须到车站去“等”，等多少时间？没人能告诉你。幸而把车等来，你还得去挤着买票，假若你挤不上去，那是你自己的无能，只好再等。幸而票也挤到手，你就该到车上去挨挤。这一挤可厉害！你第一要证明了你的确是脊椎动物，无论如何你都能直挺挺地立着。第二，你须证明在进化论中，你确是猴子变的，所以现在你才嘴手脚并用，全身紧张而灵活，以免被挤成像四喜丸子似的一堆肉。第三，你须有“保护皮”，足以使你全身不怕伞柄、胳臂肘、脚尖、车窗，等等的戳、碰、刺、钩；否则你会遍体鳞伤。第四，你须有不中暑发痧的把握，要有不怕把鼻子伸在有狐臭的腋下而不能动的本事……你须备有的条件太多了，都是因为你喜欢交那一千四百多元的挨挤费！

我头昏，一挤就有变成爬虫的可能，所以，我不敢动。

再说，在重庆住一星期，至少花五六千元；同时，还得耽误一星期的写作；两面一算，使我胆寒！

以前，我一个人在流亡，一人吃饱便天下太平，所以东跑西跑，一点也不怕赔钱。现在，家小在身边，一张嘴便是五六个嘴一齐来，于是嘴与胆子乃适成反比，嘴越多，胆子越小！

重庆的人们哪，设法派小汽车来接呀，否则我是不会去看你们的。你们还得每天给我们一千元零花。烟、酒都无须供给，我已戒了。啊，笑话是笑话，说真的，我是多么想念你们，多么渴望见面畅谈呀！

九　狗

中国狗恐怕是世界上最可怜最难看的狗。此处之“难看”并不指狗种而言，而是与“可怜”密切相关。无论狗的模样身材如何，只要喂养得好，它便会长得肥肥胖胖的，看着顺眼。中国人穷。人且吃不饱，狗就更提不到了。因此，中国狗最难看；不是因为它长得不体面，而是因为它骨瘦如柴，终年夹着尾巴。

每逢我看见被遗弃的小野狗在街上寻找粪吃，我便要落泪。我并非是爱作伤感的人，动不动就要哭一鼻子。我看见小狗的可怜，也就是感到人民的贫穷。民富而后猫狗肥。

中国人动不动就说：我们地大物博。那也就是说，我们不用着急呀，我们有的是东西，永远吃不完喝不尽哪！哼，请看看你们的狗吧！

还有：狗虽那么摸不着吃（外国狗吃肉，中国狗吃粪；在动物学上，据说狗本是食肉兽），那么随便就被人踢两脚，打两棍，可是它们还照旧地替人们服务。尽管它们饿成皮包着骨，尽管它们刚被主人踹了两脚，它们还是极忠诚地去尽看门守夜的责任。狗永远不嫌主人穷。这样的动物理应得到人们的赞美，而忠诚、义气、安贫、勇敢，等等好字眼都该归之于狗。可是，我不晓得为什么中国人不分黑白地把汉奸与小人叫作走狗，倒仿佛狗是不忠诚不义气的动物。我为狗喊冤叫屈！

猫才是好吃懒作，有肉即来，无食即去的东西。洋奴与小人理应被叫作“走猫”。

或者是因为狗的脾气好，不像猫那样傲慢，所以中国人不说“走猫”而说“走狗”？假若真是那样，我就又觉得人们未免有点“软的欺，硬的怕”了！

不过，也许有一种狗，学名叫作“走狗”；那我还不大清楚。

十　帽

在七七抗战后，从家中跑出来的时候，我的衣服虽都是旧的，而一顶呢帽却是新的。那是秋天在济南花了四元钱买的。

廿八年随慰劳团到华北去，在沙漠中，一阵狂风把那顶呢帽刮去，我变成了无帽之人。假若我是在四川，我便不忙于去再买一顶——那时候物价已开始要张开翅膀。可是，我是在北方，天已常常下雪，我不可一日无帽。于是，在宁夏，我花了六元钱买了一顶呢帽。在战前它公公道道地值六角钱。这是一顶很顽皮的帽子。它没有一定的颜色，似灰非灰，似紫非紫，似赭非赭，在阳光下，它仿佛有点发红，在暗处又好似有点绿意。我只能用“五光十色”去形容它，才略为近似。它是呢帽，可是全无呢意。我记得呢子是柔软的，这顶帽可是非常的坚硬，用指一弹，它噹噹地响。这种不知何处制造的硬呢会把我的脑门儿勒出一道小沟，使我很不舒服；我须时时摘下帽来，教脑袋休息一下！赶到淋了雨的时候，它就完全失去呢性，而变成铁筋洋灰的了。因此，回到重庆以后，我总是能不戴它就不戴；一看见它我就有点害怕。因为怕它，所以我在白象街茶馆与友摆龙门阵之际，我又买了一顶毛织的帽子。这一顶的确是软的，软得可以折起来，我很高兴。

不幸，这高兴又是短命的。只戴了半个钟头，我的头就好像发了火，痒得很。原来它是用野牛毛织成的。它使脑门热得出汗，而后用那很硬的毛儿刺那张开的毛孔！这不是戴帽，而是上刑！

把这顶野牛毛帽放下，我还是得戴那顶铁筋洋灰的呢帽。经雨淋、汗沤、风吹、日晒，到了今年，这顶硬呢帽不但没有一定的颜色，也没有一定的样子了——可是永远不美观。每逢戴上它，我就躲着镜子；我知道我一看见它就必有斯文扫地之感！

前几天，花了一百五十元把呢帽翻了一下。它的颜色竟自有了固定的倾向，全体都发了红。它的式样也因更硬了一些而暂时有了归宿，它的确有点帽子样儿了！它可是更硬了，不留神，帽沿碰在门上或硬东西上，硬碰硬，我的眼中就冒了火花！等着吧，等到抗战胜利的那天，我首先把它用剪子铰碎，看它还硬不硬！

十一　昨天

昨天一整天不快活。老下雨，老下雨，把人心都好像要下湿了！

有人来问往哪儿跑？答以：嘉陵江没有盖儿。邻家聘女。姑娘有二十二三岁，不难看。来了一顶轿子，她被人从屋中掏出来，放进轿中；轿夫抬起就走。她大声地哭。没有锣鼓。轿子就那么哭着走了。看罢，我想起幼时在鸟市上买鸟。贩子从大笼中抓出鸟来，放在我的小笼中，鸟尖锐地叫。

黄狼夜间将花母鸡叼去。今午，孩子们在山坡后把母鸡找到。脖子上咬烂，别处都还好。他们主张还燉一燉吃了。我没拦阻他们，乱世，鸡也该死两道的。

头总是昏。一友来，又问："何以不去打补针？"我笑而不答，心中很生气。

正写稿子，友来。我不好让他坐。他不好意思坐下，又不好意思马上就走。中国人总是过度地客气。

友人函告某人如何，某事如何，即答以："大家肯把心眼放大一些，不因事情不尽合己意而即指为恶事，则人世纠纷可减半矣！"发信后，心中仍在不快。

长篇小说越写越不像话，而索短稿者且多，颇郁郁！

晚间屋冷话少，又戒了烟，呆坐无聊，八时即睡。这是值得记下来的一天——没有一件痛快事！在这样的日子，连一句漂亮的话也写不出！为什么我们没有伟大的作品哪？哼，谁知道！

十二　傻子

在民间的故事与笑话里，有许多许多是讲兄弟三个，或姐妹三个，或盟兄弟三个，或女婿三个；第三个必定是傻子，而傻子得到最后的胜利。据说这种结构的公式是世界性的，世界各处都有这样的故事与笑话。为什么呢？因为人们是同情于弱者的。三弟三妹三女婿既最幼，又最傻，所以必须胜利。

和许多别种民间故事与笑话的含义一样，这种同情弱者的表示可也许是“夫子自道也”，这就是说：人民有一肚子委屈而无处去诉，就只好想象出一位“臣包文正”，或北侠欧阳春来，给他们撑一撑腰，吐一口气。同样的，他们制造出弱者胜利的故事与笑话，也是为了自慰；故事与笑话中的傻子就是他们自己。他们自己既弱且愚，可是他们讽刺了那有势力，有钱财，与有学问的人，他们感到胜利。

可是，这种讽刺的胜利到底是否真正的胜利，就不大好说。假若胜利必须是精神上的呢，他们大概可以算得了胜。反之，精神胜利若因无补于实际而算不得胜利，那就不大好办了。

在我们的民间，这种傻子胜利的故事与笑话似乎比哪一国都多。我不知道，我应当庆祝他们已经得到胜利，还是应当把我的“怪难过的”之感告诉给他们。

鬼与狐

我所见过的鬼都是鼻眼俱全，带着腿儿，白天在街上蹓跶的。夜里出来活动的鬼，还未曾遇到过；不是他们的过错，而是因为我不敢走黑道儿。平均地说，我总是晚上九点后十点前睡觉，鬼们还未曾出来；一睁眼就又天亮了，据说鬼们是在鸡鸣以前回家休息的。所以我老与鬼们两不照面，向无交往。即使有时候鬼在半夜扒着窗户看看我，我向来是睡得如死狗一般，大概他们也不大好意思惊动我。据我推测，鬼的拿手戏是在吓唬人；那么，我夜间不醒，他也就没办法。就是他想一口冷气把我吹死，到底未能先使我的头发立起如刺猬的样子，他大概是不会过瘾的。

假若黑夜的鬼可以躲避，白天的鬼倒真没法儿防备。我不能白天也老睡觉。只要我一上街，总得遇上他。有时候在家中静坐，他会找上门来。夜里的鬼并不这样讨人嫌。还有呢，夜间的鬼有种种奇装异服与怪脸面，使人一见就知道鬼来了，如披散着头发，吐着舌头，走道儿没声音，和驾着阴风等等。这些特异的标帜使人先有个准备，能打呢就和他开仗，如若个子太高或样了太可怕呢，咱就给他表演个二百米或一英里竞走，虽然他也许打破我的纪录，而跑到前面去，可是到底我有个希望。白天的鬼，哼，比夜间的要厉害着多少倍，简直不知多少倍。第一，他不吐舌头，也不打旋风；他只在你不留神的时候，脚底下一绊，你准得躺下。他的样子一点也不见得比我难看，十之八九是胖胖的，一肚子鬼胎。他要能吓唬你，自然是见面就“虎”一气了；可是一般地说，他不“虎”，而是嬉皮笑脸地讨人喜欢，等你中了他的计策之后，你才觉出他比棺材板还硬还凉。他与夜鬼的分别是这样：夜鬼拿人当人待，他至多不过希望拉个替身；白日鬼根本不拿人当人，你只是他的诡计中的一个环节，你永远逃不出他的圈儿。夜鬼大概多少有点委屈，所以白脸红舌头的出出恶气，这情有可原。白日鬼什么委屈也没有，他干脆要占别人的便宜。夜鬼不讲什么道德，因为他晓得自己是鬼；白日鬼很讲道德，嘴里讲，心里是男盗女娼一应俱全。更厉害的是他比夜鬼的心眼多，他知道怎样有组织，用大家的势力摆下迷魂大阵，把他所要收拾的一一的捉进阵去。在夜鬼的历史里，很少有大头鬼、吊死鬼等等联合起来作大规模运动的。白日鬼可就两样了，他们永远有团体，有计划，使你躲开这个，躲不开那个，早晚得落在他们的手中。夜鬼因为势力孤单，他知道怎样不专凭势力，而有时也去找个清官，如包老爷之流，诉诉委屈，而从法律上雪冤报仇。白日鬼不讲这一套，世上的包老爷多数死在他们的手里，更不用说别人了。这种鬼的存在似乎专为害人，就是害不死人，也把人气死。他们什么也晓得，只是不晓得怎样不讨厌。他们的心眼很复杂，很快，很柔软——像块皮糖似的怎揉怎合适，怎方便怎去。他们没有半点火气，地道的纯阴，心凉得像块冰似的，口中叼着大吕宋烟。

这种无处无时不讨厌的鬼似乎该有个名称，我想“不知死的鬼”就很恰当。这种鬼虽具有人形，而心肺则似乎不与人心人肺的标本一样。他在顶小的利益上看出天大的甜头，在极黑暗的地方看出美，找到享乐。他吃，他唱，他交媾，他不知道死。这种玩艺们把世界弄成了鬼的世界，有地狱的黑暗，而无其严肃。

鬼之外，应当说到狐。在狐的历史里，似乎女权很高，千年白狐总是变成妖艳的小娘子——可惜就是有时候露出点小尾巴。虽然有时候狐也变成白发老翁，可是究竟是老翁，少壮的男狐精就不大听说。因此，鬼若是可怕，狐便可怕而又可喜，往往使人舍不得她。她浪漫。

因为浪漫，狐似乎有点傻气，至少比“不知死的鬼”傻多了。修炼了千年或更长的时间才能化为人形，不刻苦地继续下工夫，却偏偏为爱情而牺牲，以至被张天师的张手雷打个粉碎，其愚不可及也。况且所爱的往往不是有汽车高楼的痴胖子，而是风流年少的穷书生；这太不上算了，要按着世上女鬼的逻辑说。

狐的手段也不高明。对于得恶他们的人，只会给饭锅里扔把沙子，或把茶壶茶碗放在厕所里去。这种办法太幼稚，只能恼人而不叫人真怕他们。于是人们请来高僧或捉妖的老道，门前挂上符咒，老少狐仙便即刻搬家。在这一点上，狐远不及鬼，更不及白日的鬼。鬼会在半夜三更叫唤几声，就把人吓得藏在被窝里出白毛汗，至少得烧点纸钱安慰安慰冤魂。至于那白日鬼就更厉害了，他会不动声色地，跟你一块吃喝的功夫，把你送到阴间去，到了阴间你还不知道是怎回事呢。

我以为说鬼与狐的故事与文艺大概多数的是为造成一种恐怖，故意地供给一种人为的哆嗦，好使心中空洞的人有些一想就颤抖的东西——神经的冷水浴。在这个目的以外，也许还有时候含着点教训，如鬼狐的报恩等等。不论是怎样吧，写这样故事的人大概都是为避免着人事，因为人事中的阴险诡诈远非鬼所能及；鬼的能力与心计太有限了，所以鬼事倒比较的容易写一些。至于鬼狐报恩一类的事，也许是求之人世而不可得，乃转而求诸鬼狐吧。

婆婆话

一位友人从远道而来看我，已七八年没见面，谈起来所以非常高兴。一来二去，我问他有了几个小孩？他连连摇头，答以尚未有妻。他已三十五六，还作光棍儿，倒也有些意思；引起我的话来，大致如下：我结婚也不算早，作新郎时已三十四岁了。为什么不肯早些办这桩事呢？最大的原因是自己挣钱不多，而负担很大，所以不愿再套上一份麻烦，作双重的马牛。人生本来是非马即牛，不管是贵是贱，谁也逃不出衣食住行，与那油盐酱醋。不过，牛马之中也有些性子刚硬的，挨了一鞭，也敢回敬一个别扭。合则留，不合则去，我不能在以劳力换金钱之外，还赔上狗事巴结人，由马牛调作走狗。这么一来，随时有卷起铺盖滚蛋的可能，也就得有些准备：积极的是储蓄俩钱，以备长期抵抗；消极的是即使挨饿，独身一个总不致灾情扩大。所以我不肯结婚。卖国贼很可以是慈父良夫，错处是只尽了家庭中的责任，而忘了社会国家。我的不婚，越想越有理。及至过了三十而立，虽有桌椅板凳亦不敢坐，时觉四顾茫然。第一个是老母亲的劝告，虽然不明说："为了养活我，你牺牲了自己，我是怎样的难过！"可是再说硬话实在使老人难堪；只好告诉母亲：不久即有好消息。君子一言，驷马难追；一透口话，就满城风雨。朋友们不论老少男女，立刻都觉得有作媒的资格，而且说得也确是近情近理；平日真没想到他们能如此高明。还普遍而且最动听的——不晓得他们都是从哪儿学来的这一套？——是：老光棍儿正如老姑娘。独居惯了就慢慢养成绝户，脾气——万要不得的脾气！一个人，他们说，总得活泼泼地，各尽所长，快活地忙一辈子。因不婚而弄得脾气古怪，自己苦恼，大家不痛快，这是何苦？这个，的确足以打动一个卅多岁，对世事有些经验的人！即使我不希望升官发财，我也不甘成为一个老别扭鬼。

那么经济问题呢？我问他们。我以为这必能问住他们，因为他们必不会因为怕我成了老绝户而愿每月津贴我多少钱。哼，他们的话更多了。第一，两个人的花销不必比一个人多到哪里去；第二，即使多花一些，可是苦乐相抵，也不算吃亏；第三，找位能挣些钱的女子，共同合作，也许从此就富裕起来；第四，就说她不能挣钱，而且多花一些，人生本来是经验与努力，不能永远消极地防备，而当努力前进。

说到这里，他们不管我相信这些与否，马上就给我介绍女友了。仿佛是我决不会去自己找到似的。可是，他们又有文章。恋爱本无须找人帮忙，他们晓得；不过，在恋爱期间，理智往往弱于感情；一旦造成了将错就错的局面，必会将恩作怨，糟糕到底。反之，经友人介绍，旁观者清，即使未必准是半斤八两，到底是过了磅的有个准数。多一番理智的考核，便少一些感情的瞎碰。双方既都到了男大当娶，女大当聘之年，而且都愿结婚，一经介绍，必定郑重其事地为结婚而结婚，不是过过恋爱的瘾，况且结婚就是结婚；所谓同居，所谓试婚，所谓解决性欲问题，原来都是这一套。同居而不婚，也得两人吃饭，也得生儿养女；并不因为思想高明，而可以专接吻，不用吃饭！

我没了办法。你一言，我一语，说得我心中闹得慌。似乎只有结婚才能心静，别无办法。于是我就结了婚。

到如今，结婚已有五年，有了一儿一女。把五年的经验和婚前所听到的理论相证，倒也怪有个味儿。

第一该说脾气。不错，朋友们说对了：有了家，脾气确是柔和了一些。我必定得说，这是结婚的好处。打算平安地过活必须采纳对方的意见，阳纲或阴纲独振全得出毛病；男女同居，根本需要民治精神，独裁必引起革命；努力于此种革命并不足以升官发财，而打得头破血出倒颇悲壮而泄气。彼此非纳着点气儿不可，久而久之都感到精神的胜利，凡事可以和平解决，夫妇而可成圣矣。

这个，可并不能完全打倒我在婚前的主张：独身气壮，天不怕地不怕；结婚气馁，该瞅着的就得低头。我的顾虑一点不算多此一举。结了婚，脾气确是柔和了，心气可也跟着软下来。为两个人打算，绝不会像一人吃饱天下太平那么干脆。于是该将就者便须将就，不便挺起胸来大吹浩然之气，恋爱可以自由，结婚无自由。

朋友们说对了。我也并没说错。这个，请老兄自己去判断，假如你想结婚的话。

第二该说经济。现在，如果再有人对我说，俩人花钱不见得比一人多，我一定毫不迟疑地敬他一个嘴巴子。俩人是俩人，多数加S，钱也得随着加S。是的，太太可以去挣钱，俩人比一人挣的多；可是花得也多呀。公园，电影场，绝不会有“太太免票”的办法，别的就不用说了。及至有了小孩，简直的就不能再有什么预算决算，小孩比皇上还会花钱。太太的事不能再作，顾了挣钱就顾不了小孩，因挣钱而把小孩养坏，照样的不上算；好，太太专看小孩，老爷专去挣钱，小孩专管花钱，不破产者鲜矣。

自然小孩会带来许多快乐，作了父母的夫妻特别地能彼此原谅，而小胖孩子又是那么天真可爱。单单地伸出一个胖手指已足使人笑上半天。可是，小胖子可别生病；一生病，爸的表，娘的戒指，全得暂入当铺，而且昼夜吃不好，睡不安，不亚于国难当前。割割扁桃腺，得一百块！幸亏正是扁桃腺，这要是整个的圆桃，说不定就得上万！以我自己说，我对儿女总算不肯溺爱，可是只就医药费一项来说，已经使我的肩背又弯了许多。有病难道不给治么？小孩真是金子堆成的。这还没提到将来的教育费——谁敢去想，闭着眼瞎混吧！

有人会说喽，结婚之后顶好不要小孩呀。不用听那一套。我看见不少了，夫妻因为没有小孩而感情越来越坏，甚至去抱来个娃娃，暂时敷衍一下。有小孩才像家庭；不然，家庭便和旅馆一样。要有小孩，还是早些有的为是。一来，妇女岁数稍大，生产就更多危险；二来，早些有子女，虽然花费很多，可是多少能早些有个打算，即便计划不能实现，究竟想有个准备；一想到将来，便想到子女，多少心中要思索一番，对于作事花钱就不能不小心。这样，夫妇自自然然地会老成一些了，要按着老法子说呢，父母养活子女，赶到子女长大便倒过头来养活父母。假如此法还能适用，那么早有小孩，更为上算。假如父亲在四十岁上才有了儿子，儿子到二十的时候，父亲已经六十了；说不定，也许活不到六十的；即使儿子应用古法，想养活父亲，而父亲已入了棺材，哪能喝酒吃饭？

这个，朋友，假若你想结婚的话，又该去思索一番。娶妻需花钱，生儿养女需花钱，负担日大，肩背日弯，好不伤心；同时，结婚有益，有子也有乐趣，即使乐不抵苦，可是生命至少不显着空虚。如何之处，统希鉴裁！

至于娶什么样的太太，问题太大，一言难尽。不过，我看出这么点来：美不是一切。太太不是图画与雕刻，可以用审美的态度去鉴赏。人的美还有品德体格的成分在内。健壮比美更重要。一位爱生病的太太不大容易使家庭快乐可爱。学问也不是顶要紧的，因为有钱可以自己立个图书馆，何必一定等太太来丰富你的或任何人的学问？据我看，结婚是关系于人生的根本问题的；即使高调很受听，可是我不能不本着良心说话，吃，喝，性欲，繁殖，在结婚问题中比什么理想与学问也更要紧。我并不是说妇人应当只管洗衣作饭抱孩子，不应读书作事。我是说，既来到婚姻问题上，既来到家庭快乐上，就乘早不必唱高调，说那些闲盘儿。这是个实际问题，是解决生命的根源上的几项问题，那么，说真实的吧，不必弄一套之乎者也。一个美的摆设，正如一个有学问的摆设，都是很好的摆设，可是未见得是位好的太太。假若你是富家翁呢，那就随便的弄什么摆设也好。不幸，你只是个普通的人，那么，一个会操持家务的太太实在是必要的。假如说吧，你娶了一位哲学博士，长得也顶美，可是一进厨房便觉恶心，夜里和你讨论康德的哲学，力主生育节制，即使有了小孩也不会抱着，你怎办？听我的话，要娶，就娶个能作贤妻良母的。尽管大家高喊打倒贤妻良母主义，你的快乐你知道。这并不完全是自私，因为一位不希望作贤妻良母的满可以不嫁而专为社会服务呀。假如一位反抗贤妻良母的而又偏偏去嫁人，嫁了人又连自己的袜子都不会或不肯洗，那才是自私呢。不想结婚，好，什么主义也可以喊；既要结婚，须承认这是个实际问题，不必弄玄虚。夫妻怎不可以谈学问呢；可是有了五个小孩，欠着五百元债，明天的房钱还没指望，要能谈学问才怪！两个帮手，彼此帮忙，是上等婚姻。

有人根本不承认家庭为合理的组织，于是结婚也就成为可笑之举。这，另有说法，不是咱们所要谈的。咱们谈的是结婚与组织家庭，那么，这套婆婆话也许有一点点用，多少的备你参考吧。

考而不死是为神

考试制度是一切制度里最好的，它能把人支使得不像人了，而把脑子严格地分成若干小块块。一块装历史，一块装化学，一块……

比如早半天考代数，下午考历史，在午饭的前后你得把脑子放在两个抽屉里，中间连一点缝子也没有才行。设若你把X＋Y和一八二八弄到一处，或者找唐朝的指数，你的分数恐怕是要在二十上下。你要晓得，状元得来个一百分呀。得这么着：上午，你的一切得是代数，仿佛连你是黄帝的子孙，和姓字名谁，全根本不晓得。你就像刚由方程式里钻出来，全身的血脉都是X和Y。赶到刚一交卷，你立刻成了历史，向来没听说过代数是什么。亚力山大、秦始皇等就是你的爱人，连他们的生日是某年某月某时都知道。代数与历史千万别联宗，也别默想二者的有无关系，你是赴考呀，赴考的期间你别自居为人，你是个会吐代数，吐历史的机器。

这样考下去，你把各样功课都吐个不大离，好了，你可以现原形了；睡上一天一夜，醒来一切茫然，代数历史化学诸般武艺通通忘掉，你这才想起“妹妹我爱你”。这是种蛇脱皮的工作，旧皮脱尽才能自由；不然，你这条蛇不曾得到文凭，就是你爱妹妹，妹妹也不爱你，准的。

最难的是考作文。在化学与物理中间，忽然叫你“人生于世”。你的脑子本来已分成若干小块，分得四四方方，清清楚楚，忽然来了个没有准地方的东西，东扑扑个空，西扑扑个空，除了出汗没有合适的办法。你的心已冷两三天，忽然叫你拿出情绪作用，要痛快淋漓，慷慨激昂，假如题目是“爱国论”，或“天下兴亡匹夫有责”；你的心要是不跳吧，笔下便无血无泪；跳吧，下午还考物理呢。把定律们都跳出去，或是跳个乱七八糟，爱国是爱了，而定律一乱则没有人替你整理，怎办？幸而不是爱国论，是山中消夏记，心无须跳了。可是，得有诗意呀。仿佛考完代数你更文雅了似的！假如你能逃出这一关去，你便大有希望了，够分不够的，反正你死不了了。被“人生于世”憋死，不是什么稀罕的事。

说回来，考试制度还是最好的制度。被考死的自然无须用提。假若考而不死，你放胆活下去吧，这已明明告诉你，你是十世童男转身。

科学救命

很想研究科学，这几天。要发明个机器。这个机器得小巧玲珑，至大也不过像个十支长城烟包，可以随身带着，而没有私携手枪的嫌疑。到应用的时候，只须用手一摸就得，不用转螺丝，通电流，或接天线地线等等。只要一根天地人三才中的“人线”就够了。用手一摸，碰上人线，手指一热，热到脑部，于是立刻就能有个好笑话——机器的用处。

近来实在需要这么个机器。你看，有人请吃饭，能不去吗？去了，酒过三杯，临座笑得像个蜜桃似的——请来个笑话！往四下一观，座中至少有两位已经听过咱的那些傻姑爷与十七字诗。没办法！即使天才真有那么大，现成的笑话总比自造的好。可是现在的笑话似乎老是那几个，而且听笑话的老有熟人。刚一张嘴就被熟人接过去了——又是那个傻姑爷呀？这还怎往下说！幸而没人插嘴，而有这么一两位两眼死盯着咱，因为笑话听过的，所以专看咱怎么张嘴与眨巴眼，于是把那点说笑话应有的得意劲儿完全给赶走了；没这股得意劲儿乘早不用说笑话！有的时候，咱刚说了头两句。一位熟人善意地笑了——那是个好笑话，老丈人揍傻姑爷，哈哈哈！不用再往下说了。

气先泄了，还怎么说！这顿饭吃到肚中，至少得到医院去一趟。

回到家，孩子们都钻了被窝，可是没睡，专等咱带来落花生与柿饼儿。十回有九回，忘了带这些零碎；好吧，说个笑话。刚一张嘴，小将军们一齐下令——“不听那个臭的！”香的打哪儿来呢？说哪个，哪个是臭的，一点不将就，为说笑话，大人小孩都觉得人生没有多少意义；而且小孩一定发脾气，能哭上一个多钟头，一边哭一边嚷——不听那个臭笑话，不听！

到了学校，学生代表来了——先生，我们今天开联欢会，您说个笑话？趁早不用驳回，反正秩序单早已定好了。好吧，由脑子里的最下层，大概离头发还有三四里地，找出个带锈的笑话来。收拾了收拾，打磨了打磨，预备去说。秩序单上的笑林项下还有别人呢。他在前面，当然他先说。他一张嘴，咱的慢性盲肠炎全不发炎了，浑身冰凉。刚打磨好的笑话被他给说了。而且他说得非常的圆到，比咱想起来的多着好多花样；这不仅使咱发慌，而且觉得惭愧！轮到咱了，张着嘴练习“立正”吧。有什么办法呢？脑子最下层的东西被人抢去，只好由脊椎骨上找点话吧；这自然不是容易的事，也不十分舒服。好歹地敷衍了几句，不像笑话，不像故事，不像演说，什么也不像；本来吗，脊椎骨上的玩艺还能高明的了？咱的脸上笑着，别人的都哭丧着。说完了好大半天，大家想起鼓掌来，鼓得比呼吸的声音稍微大一些。

非发明个机器不可了！放在口袋里，用手一摸，脑中立刻一热，一亮，马上来个奇妙的笑话。不然，人生绝对幽默不了，而且要减寿十年。

打算先念中学物理教科书。

自传难写

自古道：今儿个晚上脱了鞋，不知明日穿不穿；天有不测的风云啊！为留名千古，似应早早写下自传；自己不传，而等别人偏劳，谈何容易！以我自己说吧，眼看就快四十了，万一在最近的将来有个山高水远，还没写下自传，岂不是大大的一个缺憾？！

可是，说起来就有点难受。自传不难哪，自要有好材料。材料好办；“好材料”，哼，难！自传的头一章是不是应当叙说家庭族系等等？自然是。人由何处生，水从哪儿来，总得说个分明。依写传的惯例说，得略述五千年前的祖宗是纯粹“国种”，然后详道上三辈的官衔、功德与著作。至少也得来个“清封大夫”的父亲，与“出自名门”的母亲。没有这么适合体裁的双亲，写出去岂不叫人笑掉门牙！您看，这一招儿就把咱撅个对头弯；咱没有这种父母，而且准知道五千年前的祖宗不见得比我高明。好意思大书特书“清封普罗大夫”，与“出自不名之门”么？就是有这个勇气，也危险呀：普罗大夫之子共党耳，推出斩首，岂不糟了？！英雄不怕出身低，可也得先变成英雄啊。汉刘邦是小小的亭长，淮阴侯也讨过饭吃，可是人家都成了英雄，自然有人捧场喝彩。咱是不是英雄？对镜审查，不大像！

自传的头一章根本没着落。

再说第二章吧。这儿应说怎么降生：怎么在胎中多住了三个多月，怎么产房闹妖精，怎么天上落星星，怎么生下来啼声如豹，怎么左手拿着块现洋……我细问过母亲，这些事一概没有。母亲只说：生下来奶不足，常贴吃糕干——所以到如今还有时候一阵阵地发糊涂。

第二章又可以休矣。

第三章得说幼年入学的光景喽。“幼怀大志，寡言笑，囊萤刺股……”这多么好听！可是咱呢，不记得有过大志，而是见别人吃糖馅烧饼就馋得慌——到如今也没完全改掉。逃学的事倒不常干。而挨手板与罚跪说起来似乎并不光荣。第三章，即使勉强写出，也不体面。

没有前三章，只好由第四章写了，先不管有这样的书没有。这一章应写青春时期。更难下笔。假如专为泄气，又何必自传；当然得吹腾着点儿。事情就奇怪，想吹都吹不起来。人家牛顿先生看苹果落地就想起那么多典故来，我看见苹果落地——不，不等它落地就摘下来往嘴里送。青春时期如此，现在也没长进多少，不但没作过惊天动地的事，而且没有存过惊天动地的心。偶尔大喊一声，天并不惊；跺地两脚，地也不动。第四章又是糖心的炸弹，没响儿！

以下就不用说了，伤心！

自传呢，下世再说。好在马上为善，或者还不太晚，多积点阴功，下辈子咱也生在贵族之家，专是自传的第一章就能写八万字。气死无数小布尔乔亚。等着吧，这个事是急不得的。

买彩票

在我们那村里，抓会赌彩是自古有之。航空奖券，自然的，大受欢迎。头彩五十万，听听！二姐发起集股合作，首先拿出大洋二角。我自己先算了一卦，上吉，于是拿了四角。和二姐算计了好大半天，原来还短着九元四才够买一张的。我和她分头去宣传，五十万，五十万，五十个人分，每人还落一万，二角钱弄一万！举村若狂，连狗都听熟了“五十万”，凡是说“五十万”的，哪怕是生人，也立刻摇尾而不上前一口把腿咬住。闹了整一个星期；十元算是凑齐；我是最大的股员。三姥姥才拿了五分，和四姨五姨共同凑了一股；她们还立了一本账簿。

上哪里去买呢？还得算卦。二姐不信任我的诸葛金钱课，花了五大枚请王瞎子占了个马前神课……利东北。城里有四家代售处；利成记在城之东北；决议，到利成记去买。可是，利成是四家买卖中最小的一号，只卖卷烟煤油，万一把十元拐去，或是卖假券呢！又送了王瞎子五大枚，从新另占。西北也行，他说；不但是行，他细掐过手指，还比东北好呢！西北是恒祥记，大买卖，二姐出阁时的缎子红被还是那儿买的呢。

谁去买？又是个问题。按说我是头号股员，我应当跑一趟。可是我是属牛的，今年是鸡年，总得找属鸡的，还得是男性，女性丧气。只有李家小三是鸡年生的，平日那些属鸡的好像都变了，找不着一个。小三自己去太不放心啊，于是决定另派二员金命的男人妥为保护。挑了吉日，三位进城买票。

票买来了，谁拿着呢？我们村里的合作事业有个特点，谁也不信任谁。经过三天三夜的讨论，还是交给了三姥姥，年高虽不见得必有德，可是到底手脚不利落，不至私自逃跑。

直到开彩那天，大家谁也没睡好觉。以我自己说，得了头彩——还能不是我们得吗？！——就分两万，这两万怎么花？买处小房，好，房的地点，样式，怎么布置，想了半夜。不，不买房子，还是作买卖好，于是铺子的地点、形式、种类，怎么赚钱，赚了钱以后怎样发展，又是半夜。天上的星星，河边的水泡，都看着像洋钱。清晨的鸟鸣，夜半的虫声，都说着“五十万”。偶尔睡着，手按在胸上，梦见一堆现洋压在身上，连气也出不得！特意买了一付骨牌，为是随时打卦。打了坏卦，不算，另打；于是打的都是好卦，财是发准了。

开奖了。报上登出前五彩，没有我们背熟了的那一号。房子，铺子……随着汗全走了。等六彩七彩吧，头五奖没有，难道还不中个小六彩？又算了一卦，上吉；六彩是五百，弄几块作件夏布大衫也不坏。于是一边等着六彩七彩的揭露，一边重读前五彩的号数，替得奖的人们想着怎么花用的方法，未免有些羡妒，所以想着想着便想到得奖人的乐极生悲，也许被钱烧死；自己没得也好；自然自己得奖也不见得就烧死。无论怎说，心中有点发堵。

六彩七彩也登出来了，还是没咱们的事，这才想起对尾子，连尾子都和我们开玩笑，我们的是个“三”，大奖的偏偏是个“二”。没办法！

二姐和我是发起人呀！三姥姥向我们俩要索她的五分。没法不赔她。赔了她，别人的二角也无意虚掷。二姐这两天生病，她就是有这个本事，心里一想就会生病。剩下我自己打发大家的二角。打发完了，二姐的病也好了，我呢，昨天夜里睡得很清甜。

有钱最好

既是苦命人，到处都得受罪。穷大奶奶逛青岛，受洋罪；我也正受着这种洋罪。

青岛的青山绿水是给诗人预备的，我不是诗人。青岛的洋楼汽车是给阔人预备的，我有时候袋里剩三个子儿。享受既然无缘，只好放在一边，单表受罪。

第一先得说房。大小不拘，这里的房全是洋式。由房东那方面看，租钱不算多；由住房儿的看，像我这样的人，简直一月月的干给房钱赶网。吃也不算贵，喝也不算贵；房没有贱的。房既然贵，自然住不起一整所儿，所以大多数的楼房是分租的，一层儿两三间房租给一家。住楼上的呢，得上下跑腿；而且费煤，因为高处得风，墙又不厚。住楼下的，自然省了脚，也较比的暖一点，可是乐不抵苦。您别看大家都洋服啷哨儿的，到公德心，青岛的人并不比别处的文明。楼的建筑根本是二五八，楼板也就是一寸来厚，而楼上的人们，绝不会想到楼下还有人。希望大家铺地毯，未免所求过奢；能垫上点席子的便很难得。要赶上楼上有那么七八个孩子，那就蛤蟆垫桌腿儿，死挨。人家能把楼板跺得老忽闪忽闪地动，时时有塌下来的可能。自然没人能管住小孩不走不跳，可是能够作到的也没人作。比如说椅子腿上包点布，或者不准小孩拉椅子，这很容易办吧？哼，没那回事。你莫名其妙楼上怎会有那么多椅子，更不知道为什么老在那儿拉。你晓得楼上拉椅子多么难听，它钻脑子，叫人想马上自杀。可是谁叫你住楼下呢！你乘早不用去请求，住楼上的理直气壮。“哟，我们的孩子会闹？那可奇怪！拉椅子？我们的小孩可就是喜欢拉椅子玩。在楼上踢毽？可不是，小孩还能不玩？”楼上的人都这么和气而且近情近理。你只有一条路，搬家。

搬吧，都调查好了，同楼的小孩少，大人也规矩，你很喜欢。搬过去一看，院里有八条狗！青岛是带洋派的地方，讲究养狗。可是养狗的人想不起去溜溜它们，狗屎全摆在院中。狗名儿都是洋的，什么济美、什么邦走；敢情洋名的狗拉洋屎，也是臭的。济美们还叫呢，要赶上你要睡会儿觉，或是孩子刚睡着，人家才叫得凶呢。

还得搬哪！这回可好，没有小孩，也没有狗。早晨七点来钟，人家唱上了。青岛的京戏最时兴。早晨唱过了，那敢情不过是喊喊嗓子。大轴子是在晚上，胡琴拉着，生末净旦丑俱全，唱开了没头儿。唱得好听的自然不是没有味；叫人想自杀的也不少。你怎办？还得搬家。

搬一回家，要安一回灯，挂一回帘子；洋房吗。搬一回家，要到公司报一回灯，报一回水，洋派吗。搬一回家，要损失一些东西，损失一些钱，洋罪吗。

好房子有哇，也得住得起呀。算了吧，房子够了。

带洋字的，还就是洋车好，干净，雨布风帘也齐全；可就是贵。一上车就是一毛钱，稍微远那么一点就得两毛。我的办法是不坐。这有点对不起“车友”们，可是有什么办法呢？自行车也不好骑，净是山路，坡得要命。最好是坐汽车，其次就是走，据我看。汽车呢，连那个喇叭咱也买不起；即使勉强地买个喇叭，不是还得自己走路；干脆，咱走就是了。青岛的空气却是不坏，可惜脚受点委屈！

关于食，没有什么可说的。饭馆子不少，中菜西菜都有。价钱都可以的，所以咱还是消极抵抗，不吃。自己家里做菜倒不贵，鱼虾现成，而且新鲜。别的肉类菜蔬也说不上贵来；吃饱了拉倒，这倒好办。馋了呢？活该！

穿，随便。青年人多数穿洋服，也很有些穿得很讲究的。咱向来不讲究穿，给它个不在乎。这占了已结婚的便宜。设若正在“追求”期间，我想我也得多一份洋罪。不穿洋服，可是我天天刮胡子，这一来是耍洋派，二来表示我并不完全不怕太太。完全不怕太太的人不易发财，真的！

说到了玩，此地没有什么游艺场。此地根本是个避暑的所在，成年价在这儿住，当然是别扭。京戏偶尔来几个名角，戏价总要两三块，咱犯不上去。平日呢，老有蹦蹦戏，听着又不过瘾。电影院有几处，夏天才来好片子；冬天只是对付事儿，我假装的避宿，赶到惊蛰再去，也还不迟。公园真好，道路真好，海岸真好，遇上晴天我便去走，既不用花钱，而且接近了自然。在别方面受的罪，由这个享受补过来，这叫做穷欢喜。

总起来说，青岛不是个坏地方，官员们也真卖力气建设。所谓洋罪，是我的毛病，穷。假若我一旦发了财，我必定很喜欢这里。等着吧，反正咱不能穷一辈子。

读书

若是学者才准念书，我就什么也不要说了。大概书不是专为学者预备的；那么，我可要多嘴了。

从我一生下来直到如今，没人盼望我成个学者；我永远喜欢服从多数人的意见。可是我爱念书。

书的种类很多，能和我有交情的可很少。我有决定念什么的全权；自幼儿我就会逃学，愣挨板子也不肯说我爱《三字经》和《百家姓》。对，《三字经》便可以代表一类——这类书，据我看，顶好在判了无期徒刑后去念，反正活着也没多大味儿。这类书可真不少，不知道为什么；也许是犯无期徒刑罪的太多；要不然便是太少——我自己就常想杀些写这类书的人。我可是还没杀过一个，一来是因为——我才明白过来——写这样书的人敢情有好些已经死了，比如写《尚书》的那位李二哥。二来是因为现在还有些人专爱念这类书，我不便得罪人太多了。顶好，我看是不管别人；我不爱念的就不动好了。好在，我爸爸没希望我成个学者。

第二类书也与咱无缘：书上满是公式，没有一个“然而”和“所以”。据说，这类书里藏着打开宇宙秘密的小金钥匙。我倒久想明白点真理，如地是圆的之类；可是这种书别扭，它老瞪着我。书不老老实实地当本书，瞪人干吗呀？我不能受这个气！有一回，一位朋友给我一本《相对论原理》，他说：明白这个就什么都明白了。我下了决心去念这本宝贝书。读了两个“配纸”，我遇上了一个公式。我跟它“相对”了两点多钟！往后边一看，公式还多了去啦！我知道和它们“相对”下去，它们也许不在乎，我还活着不呢？

可是我对这类书，老有点敬意。这类书和第一类有些不同，我看得出。第一类书不是没法懂，而是懂了以后使我更糊涂。以我现在的理解力——比上我七岁的时候，我现在满可以作圣人了——我能明白“人之初，性本善”。明白完了，紧跟着就糊涂了；昨儿个晚上，我还挨了小女儿——玫瑰唇的小天使——一个嘴巴。我知道这个小天使性本不善，她才两岁。第二类书根本就看不懂，可是人家的纸上没印着一句废话；懂不懂的，人家不闹玄虚，它瞪我，或者我是该瞪。我的心这么一软，便把它好好放在书架上；好打好散，别太伤了和气。

这要说到第三类书了。其实这不该算一类；就这么算吧，顺嘴。这类书是这样的：名气挺大，念过的人总不肯说它坏，没念过的人老怪害羞地说将要念。譬如说《元曲》，太炎“先生”的文章，罗马的悲剧，辛克莱的小说，《大公报》——不知是哪儿出版的一本书——都算在这类里，这些书我也都拿起来过，随手便又放下了。这里还就属那本《大公报》有点劲。我不害羞，永远不说将要念。好些书的广告与威风是很大的，我只能承认那些广告作得不错，谁管它威风不威风呢。

“类”还多着呢，不便再说；有上面的三项也就足所证明我怎样的不高明了。该说读的方法。

怎样读书，在这里，是个自决的问题；我说我的，没勉强谁跟我学。第一，我读书没系统。借着什么，买着什么，遇着什么，就读什么。不懂的放下，使我糊涂的放下，没趣味的放下，不客气。我不能叫书管着我。

第二，读得很快，而不记住。书要都叫我记住，还要书干吗？书应该记住自己。对我，最讨厌的发问是："那个典故是哪儿的呢？""那句书是怎么来着？"我永不回答这样的考问，即使我记得。我又不是印刷机器养的，管你这一套！

读得快，因为我有时候跳过几页去。不合我的意，我就练习跳远。书要是不服气的话，来跳我呀！看侦探小说的时候，我先看最后的几页，省事。

第三，读完一本书，没有批评，谁也不告诉。一告诉就糟："嘿，你读《啼笑因缘》？"要大家都不读《啼笑因缘》，人家写它干吗呢？一批评就糟："尊家这点意见？"我不惹气。读完一本书再打通儿架，不上算。我有我的爱与不爱，存在我自己心里。我爱念什么就念，有什么心得我自己知道，这是种享受，虽然显得自私一点。

再说呢，我读书似乎只要求一点灵感。"印象甚佳"便是好书，我没工夫去细细分析它，所以根本便不能批评。"印象甚佳"有时候并不是全书的，而是书中的一段最入我的味；因为这一段使我对这全书有了好感；其实这一段的美或者正足以破坏了全体的美，但是我不去管；有一段叫我喜欢两天的，我就感谢不尽。因此，设若我真去批评，大概是高明不了。

第四，我不读自己的书，不愿谈论自己的书。“儿子是自己的好”，我还不晓得，因为自己还没有过儿子。有个小女儿，女儿能不能代表儿子，就不得而知。“老婆是别人的好”，我也不敢加以拥护，特别是在家里。但是我准知道，书是别人的好。别人的书自然未必都好，可是至少给我一点我不知道的东西。自己的，一提都头疼！自己的书，和自己的运气，好像永远是一对儿累赘。

第五，哼，算了吧。

写信

写信是近代文化病之一，类似痢疾，一会儿一阵，每日若干次。可是如得其道，或可稍减痛苦。兹条列有效办法如下：

（一）给要人写信宜挂号，或快邮，以引起注意；要人每日接信甚多也。

（二）托人办事的信，莫等回值（参看第四条），应即速发第二封。第二封宜比第一封更客气；这样，或足使对方觉得不好意思不回信。

（三）托人办事的信，信封信纸均宜讲究，字勿潦草。顶好随寄些礼物。答友人求事函，虽利用讣文之空隙亦可。

（四）接信切勿于五日内回答，以免又惹起麻烦。尤其是托办事的信，搁下不答，也许就马虎过去；焉知求事的人不于最短期间已从别方面有了办法哉。如又得函催办前事，仍宜不答，似与之绝交者；直至你托他时，再恢复邦交。

（五）接不相识之人来信，不答；如呼老师，可报以短函。

（六）托人转信，须托比收信人地位高的。

（七）回信不必贴足邮票，不贴尤妙。

（八）为减少检信官员的疑心，书信宜用文言，问候语越多越好。

（九）故意接受检查（如骂人的祖宗函），信封上宜写某某女士收或发。

（十）挂号信勿落于太太之手，内或有汇票也。

（十一）索欠函或账条宜原物退回。

（十二）无论填写何项表格，“永久通信处”宜空着。

（十三）平安家信印好一千张，按时填发。本条极不适用于情书。

（十四）情书须与绝命书同时写好，以免临时赶作。

话剧观众须知二十则

（一）在观剧之前，务须伤风，以便在剧院内高声咳嗽，且随地吐痰。

（二）入剧场务须携带甘蔗、桔柑、瓜子、花生……以便弃皮满地，而重清洁。最好携火锅一个，随时“毛肚开堂”。

（三）单号戏票宜入双号门，双号戏票宜入单号门。楼上票宜坐楼下，楼下票宜坐楼上。最好无票入场，有位即坐，以重秩序。

（四）未开幕，宜拼命鼓掌。

（五）家事、官司、世界大战，均宜于开幕后开始谈论，且务须声震屋瓦。

（六）演员出场应报以“好”声，鼓掌副之。

（七）每次台上一人跌倒，或二人打架，均须笑一刻钟，至半点钟，以便天亮以前散戏。

（八）演员吸香烟，口中真吐出烟来，或吸水烟，居然吹着了火纸捻，必须报以掌声。

（九）入场就座，切勿脱帽，以便见了朋友，好脱帽行礼。

（十）观剧时务须打架一场。

（十一）出入厕所务须猛力开闭其门。开而不关亦佳，以便臭味散出，有益大家。

（十二）演员每说一“妈的”，或开一小玩笑，必赞以“深刻”，以示有批评能力。

（十三）入场务须至少携带幼童五个，且务使同时哭闹，以壮声势。最好能开一个临时的幼稚园。

（十四）幕闭，务须掀开看看，以穷其究竟。

（十五）换景，幕暂闭时，务须以手电筒探照，使布景人手足失措，功德无量。

（十六）鼓掌应继续不停，以免寂寞。

（十七）观剧宜带勤务兵或仆人数位，侍立于侧。

（十八）七时半开戏，须于九时半入场，入场时且应携煤气灯一个，以免暗中摸索。

（十九）入场切勿携带火柴，以便吸烟时四处去借火。

（二十）末一幕刚开，即须退出，且宜猛摔椅板，高射手电。若于走道中停立五六分钟，遮住后面观众，尤为得礼。

听说读写，也求甚解

随/时/的/自/在

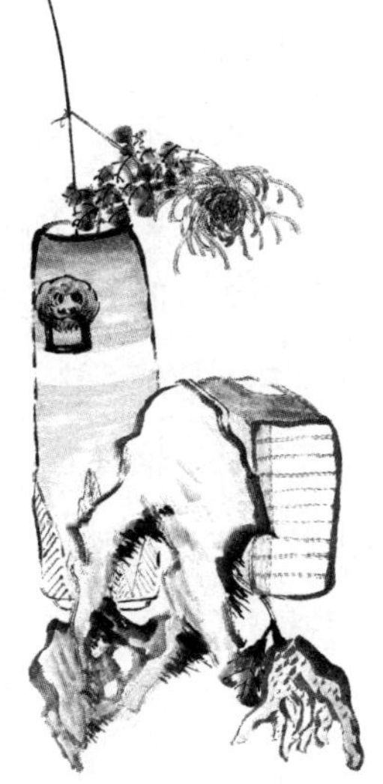

别怕动笔

有不少初学写作的人感到苦恼：写不出来！

我的看法是：加紧学习，先别苦恼。

怎么学习呢？我看哪，第一步顶好是心中有什么就写什么，有多少就写多少。

永远不敢动笔，就永远摸不着门儿。不敢下水，还学得会游泳么？自己动了笔，再去读书，或看刊物上登载的作品，就会明白一些写作的方法了。只有自己动过笔，才会更深入地了解别人的作品，学会一些窍门。好吧，就再写吧，还是有什么写什么，有多少写多少。又写完了一篇或半篇，就再去阅读别人的作品，也就得到更大的好处。

千万别着急，别刚一拿笔就想发表不发表。先想发表，不是实事求是的办法。假若有个人告诉我们：他刚下过两次水，可是决定马上去参加国际游泳比赛，我们会相信他能得胜而归吗？不会！我们必定这么鼓舞他：你的志愿很好，可是要拼命练习，不成功不拉倒。这样，你会有朝一日去参加国际比赛的。我看，写作也是这样。谁肯下功夫学习，谁就会成功，可不能希望初次动笔就名扬天下。我说有什么写什么，有多少写多少，正是为了练习，假若我们忽略了这个练习过程，而想马上去发表，那就不好办了。是呀，只写了半篇，再也写不下去，可怎么去发表呢？先不要为发表不发表着急，这么着急会使我们灰心丧气，不肯再学习。若是由学习观点来看呢，写了半篇就很不错啊，在这以前，不是连半篇也写不上来吗？

不知道我说的对不对，我总以为初学写作不宜先决定要写五十万字的一本小说或一部多幕剧。也许有人那么干过，而且的确一箭成功。但这究竟不是常见的事，我们不便自视过高，看不起基本练习。那个一箭成功的人，想必是文字已经写得很通顺，生活经验也丰富，而且懂得一些小说或剧本的写法。他下过苦功，可是山沟里练把式，我们不知道。我们应当知道自己的底。我们的文字的基础若还不十分好，生活经验也还有限，又不晓得小说或剧本的技巧，我们顶好是有什么写什么，有多少写多少，为的是练习，给创作预备条件。

首先是要把文字写通顺了。我说的有什么写什么，有多少写多少，正是为逐渐充实我们的文字表达能力。还是那句话：不是为发表。想想看，我们若是有了想起什么、看见什么，和听见什么就写得下来的能力，那该是多么可喜的事啊！即使我们一辈子不写一篇小说或一部剧本，可是我们的书信、报告、杂感等等，都能写得简练而生动，难道不是值得高兴的事吗？

当然，到了我们的文字能够得心应手的时候，我们就可以试写小说或剧本了。文学的工具是语言文字呀。

这可不是说：文学创作专靠文字，用不着别的东西。不是这样！政治思想、生活经验、文学修养……都是要紧的。我们不应只管文字，不顾其他。我在前面说的有什么写什么，和有多少就写多少，是指文字学习而言。这样能够叫我们敢于拿起笔来，不怕困难。在动笔杆的同时，我们应当努力于政治学习，热情地参加各种活动，丰富生活经验，还要看戏，看电影，看文学作品。这样双管齐下，既常动笔，又关心政治与生活，我们的文字与思想就会得到进步，生活经验也逐渐丰富起来。我们就会既有值得写的资料，又有会写的本事了。

要学习写作，须先摸摸自己的底。自己的文字若还很差，就请按照我的建议去试试——有什么写什么，有多少写多少。同时，连写封家信或记点日记，都郑重其事地去干，当作练习写作的一种日课。文字的学习应当是随时随地的，不专限于写文章的时候。一个会写小说的当然也会写信，而一封出色的信也是文学作品——好的日记也是！

文字有了点根底，可还是写不出文章来，又怎么办呢？应当去看看，自己想写的是什么，是小说，还是剧本？假若是小说或剧本，那就难怪写不出来。首先是：我们往往觉得自己的某些生活经验足够写一篇小说或一部三幕剧的。事实上，那点经验并不够支持这么一篇作品的。我们的那些生活经验在我们心中的时候仿佛是好大一堆，可以用之不竭；及至把它写在纸上的时候就并不是那么一大堆了，因为写在纸上的必是最值得写下来的，无关重要的都用不上，就好像一个大笋，看起来很粗很长，及至把外边的吃不得的皮子都剥去，就只剩下不大的一块了。我们没法子用这点笋炒出一大盘子菜来！

这样，假若我们一下手就先把那点生活经验记下来，写一千字也好，二千字也好，我们倒能得到好处。一来是，我们会由此体会出来，原来值得写在纸上的并不像我们想象的那么多，我们的生活经验还并不丰富。假若我们要写长篇的东西，就必须去积累更多的经验，以便选择。对了，写下来的事情必是经过选择的；随便把鸡毛蒜皮都写下来，不能成为文学作品。即须经过选择，那么用不着说，我们的生活经验越多，才越便于选择。是呀，手里只有一个苹果，怎么去选择呢?

二来是，用所谓的一大堆生活经验而写成的一千或二千字，可能是很好的一篇文章。这就使我们有了信心，敢再去拿起笔来。反之，我们非用那所谓的一大堆生活经验去写长篇小说或剧本不可，我们就可能始终不能成篇交卷，因而灰心丧气，不敢再写。不要贪大！能把小的写好，才有把大的写好的希望。况且，文章的好坏，不决定于字数的多少。一首千锤百炼的民歌，虽然只有四句或八句，也可以传诵全国。

还有：即使我们的那一段生活经验的确结结实实，只要写下来便是好东西，也还会碰到困难——写得干巴巴的，没有味道。这是怎么一回事呢? 我看大概是这样：我们只知道这几个人，这一些事，而不知道更多的人与事，所以没法子运用更多的人与事来丰富那几个人与那一些事。是呀，一本小说或一本戏剧就是一个小世界，只有我们知道的真多，我们才能随时地写人、写事、写景、写对话，都活泼生动，写晴天就使读者感到天朗气清，心情舒畅，写一棵花就使人闻到了香味！我们必须深入生活，不断动笔！我们不妨今天描写一棵花，明天又试验描写一个人，今天记述一段事，明天试写一首抒情诗，去充实表达能力。生活越丰富，心里越宽绰；写的越勤，就会有得心应手的那么一天。是的，得下些功夫，把根底打好。别着急，别先考虑发表不发表。谁肯用功，谁就会写文章。

这么说，不就很难作到写作的跃进吗？不是！写作的跃进也和别种工作的跃进一样，必须下工夫，勤学苦练。不能把勤学苦练放在一边，而去空谈跃进。看吧，原本不敢动笔，现在拿起笔来了，这还不是跃进的劲头吗？然后，写不出大的，就写小的；写不好诗，就写散文；这样高高兴兴地，不图名不图利地往下干，一定会有成功那一天。难道这还不是跃进么？好吧，让咱们都兴高采烈地干吧！放开胆子，先有什么写什么，有多少写多少，咱们就会逐渐提高，写出像样子的东西来。不怕动笔，笔就会听咱们的话，不是吗？

比喻

旧体诗有个严重的毛病：爱用典故。从一个意义来说，用典故也是一种比喻。寿比南山是比喻，寿如彭祖也是比喻——用彭祖活了八百岁的典故，祝人长寿。典故用恰当了，能使形象鲜明，想象丰富。可是，典故用多了便招人讨厌，而且用多了就难免生拉硬扯，晦涩难懂。有许多旧体诗是用典故凑起来的，并没多少诗意，所以既难懂，又讨厌。

白话诗大致矫正了贪用典故的毛病，这很好。可是，既是诗，就不能不用比喻。所以新诗虽用典渐少，可是比喻还很多，以便作到诗中有画。于是，就又出了新毛病：比喻往往太多，太多也就难免不恰当。

贪用比喻，往往会养成一种习惯——不一针见血地说话，而每言一物一事必是像什么，如什么。这就容易使诗句冗长，缺乏真带劲头的句子。一来二去，甚至以为诗就是扩大的“好比”，一切都须好比一下，用不着干干净净地说真话。这是个毛病。

比喻很难恰当。不恰当的不如不用。把长江大桥比作一张古琴，定难尽职。古琴的尺寸很短，古琴也不是摆在水上的东西，火车汽车来往的响声不成曲调，并且不像琴声那么微弱……这差点事儿。把汽车火车的声音比作交响乐，也同样差点事儿。

比喻很难精彩。所以好用比喻的人往往不能不抄袭前人的意思，以至本是有创造性的设喻逐渐变成了陈词滥调。“芙蓉为面柳为腰”本来不坏，后来被蝴蝶鸳鸯派诗人用滥了，便令人难过。至于用这个来形容今天乘风破浪的女同志们就更不对头了。

不恰当的比喻，不要。恰当的比喻应更进一步，力求精彩。就是精彩的也不如直接地把话说出来。陆放翁是咱们的大诗人。他有个好用“如”“似”的毛病。什么“读书似走名场日，许国如骑战马时”呀，什么“生计似蛛聊补网，敝庐如燕旋添泥”呀，很多很多。这些比喻叫他的作品有时候显着纤弱。他的名句“王师北定中原日，家祭无忘告乃翁”，便不同了。这是爱国有真情，虽死难忘。这是真的诗，千载之后还使我们感动。那些带有“如”“似”的句子并没有这股子劲头。

比喻不是完全不可以用，但首先宜求恰当，还要再求精彩。诗要求形象。比喻本是利用联想（以南山比长寿）使形象更为突出。但形象与形象的联系必须合理，巧妙。否则乱比一气，成了笑话。南山大概除了忽然遇到地震，的确可以长期存在，以喻长寿，危险不大。以古琴比长江大桥就有危险，一块石头便能把古琴（越古越糟）打碎。谁能希望长江大桥不久就垮架呢！

再随手举一两个例子：那柔弱的兰草，怎能比你们刚强！

兰草本来柔弱，比它作甚呢？

川陕公路像一个稀烂的泥塘。

公路很长，泥塘是“塘”，不是看不到头的公路。两个形象不一致。

萧萧落木是她啜泣的声音。

“萧萧”——相当的响。啜泣——无声为泣。自相矛盾。

也许这近于吹毛求疵吧？不是的。诗是语言的结晶，必须一丝不苟。诗中的比喻必须精到，这是诗人的责任。找不到好的比喻就不比喻，也还不失为慎重。若是随便一想，即写出来，便容易使人以为诗很容易作，可以不必推敲再推敲。这不利于诗的发展。

文病

有些人本来很会说话，而且认识不少的字，可是一拿起笔来写点什么就感到困难，好大半天写不出一个字。这是怎么一回事呢？这里面大概有许多原因，而且人各不同，不能一概而论。现在，我只提一个较比普遍的原因。这个原因是与文风有关系的。

近年来，似乎有那么一股文风：不痛痛快快地有什么说什么，该怎说就怎说，而力求语法别扭，语言生硬，说了许许多多，可是使人莫名其妙。久而久之，成了一种风气，以为只有这些似通不通、难念难懂的东西才是文章正宗。这可就害了不少人。有不少人受了传染，一拿起笔来就把现成的语言与通用的语法全放在一边，而苦心焦思地去找不现成的怪字，“创造”非驴非马的语法，以便写出废话大全。这样，写文章就非常困难了。本来嘛，有现成的字不用，而钻天觅缝去找不现成的，有通用的语法不用，而费尽心机去“创造”，怎能不困难呢？于是，大家一拿笔就害起怕来，哎呀，怎么办呢？怎么能够写得高深莫测，使人不懂呢？有的人因为害怕就不敢拿笔，有的人硬着头皮死干，可是写完了连自己也看不懂了。大家相对叹气，齐说文章不好写呀。这种文风就这么束缚住了写作能力。

我说的是实话，并不太夸张。我看见过一些文稿。在这些文稿中，躲开现成的字与通用的语法，而去硬造怪字怪句，是相当普遍的现象。可见这种文风已经成为文病。此病不除，写作能力即不易得到解放。所以，改变文风是今天的一件要事。

写文章和日常说话确是有个距离，因为文章须比日常说话更明确、简练、生动。所以写文章必须动脑筋。可是，这样动脑筋是为给日常语言加工，而不是要和日常语言脱节。跟日常语言脱了节，文章就慢慢变成天书，不好懂了。比如说：大家都说“消灭”，而我偏说“消没”，便是脱离群众，自讨无趣，一个写作者的本领是在于把现成的“消灭”用得恰当，正确，而不在于硬造一个“消没”。硬造词，别人不懂。我们说“消灭四害”就恰当。我们若说“晓雾消灭了”就不恰当，因为我们通常都说“雾散了”不说“消灭了”——事实上，我们今天还没有消灭雾的办法。今天的雾散了，明天保不住还下雾。

对语法也是如此：我们虽用的是通用的语法，可是因动过脑筋，所以说得非常生动有力，这就是本领。假若不这么看问题，而想别开生面，硬造奇句，是会出毛病的。请看这一句吧：“一瓢水泼出你山沟。”这说的是什么呢？我问过好几个朋友，大家都不懂。这一句的确出奇，突破了语法的成规。可是谁也不懂，怎么办呢？要是看不懂的就是好文章，那么要文章干吗呢？我们应当鄙视看不懂的文章，因为它不能为人民服务。“把一瓢水泼在山沟里”，或是“你把山沟里的水泼出一瓢来”，都像话，大家都能说得出，认识些字的也都能写得出。就这么写吧，这是我们的话，很清楚，人人懂，有什么不好呢？实话实说是个好办法。虽然头一两次也许说得不太好，可是一次生，两次熟，只要知道写文章原来不必绕出十万八千里去找怪物，就会有了胆子。然后，继续努力练习，由说明白话进一步说生动而深刻的话，就摸到门儿了。即使始终不能写精彩了，可是明白话就有用处，就不丢人。反之，我们若是每逢一拿笔，就装腔作势，高叫一声：现成的话，都闪开，我要出奇制胜，作文章啦，恐怕就会写出“一瓢水泼出你山沟”了！这一句实在不易写出，因为胡涂得出奇。别人一看，也就惊心：可了不得，得用多少工夫，才会写出这么“奇妙”的句子啊！大家都胆小起来，不敢轻易动笔，怕写出来的不这么“高深”啊。这都不对！我们说话，是为叫别人明白我们的意思。我们写文章，是为叫别人更好地明白我们的意思。话必须说明白，文章必须写得更明白。这么认清问题，我们就不害怕了，就敢拿笔了；有什么说什么，有多少说多少，不装腔作势，不乌烟瘴气。这么一来，我们就不会再把作文章看成神秘的事，而一种健康爽朗的新文风也就会慢慢地建树起来。

越短越难

怎么写短篇小说，的确是个很难回答的问题。我自己就没写出来过像样子的短篇小说。这并不是说我的长篇小说都写得很好，不是的。不过，根据我的写作经验来看：只要我有足够的资料，我就能够写成一部长篇小说。它也许相当的好，也许无一是处。可是，好吧坏吧，我总把它写出来了。至于短篇小说，我有多少多少次想写而写不成。这是怎么一回事呢？

我仔细想过了，找出一些原因：先从结构上说吧：一部文学作品须有严整的结构，不能像一盘散沙。可是，长篇小说因为篇幅长，即使有的地方不够严密，也还可以将就。短篇呢，只有几千字的地方，绝对不许这里太长，那里太短，不集中，不停匀，不严紧。

这样看来，短篇小说并不因篇幅短就容易写。反之，正因为它短，才很难写。

从文字上看也是如此。长篇小说多写几句，少写几句，似乎没有太大的关系。短篇只有几千字，多写几句和少写几句就大有关系，叫人一眼就会看出：这里太多，那里不够！写短篇必须作到字斟句酌，一点不能含糊。当然，写长篇也不该马马虎虎，信笔一挥。不过，长篇中有些不合适的地方，究竟容易被精彩的地方给遮掩过去，而短篇无此便利。短篇应是一小块精金美玉，没有一句废话。我自己喜写长篇，因为我的幽默感使我会说废话。我会抓住一些可笑的事，不管它和故事的发展有无密切关系，就痛痛快快发挥一阵。按道理说，这大不应该。可是，只要写的够幽默，我便舍不得删去它（这是我的毛病），读者也往往不事苛责。当我写短篇的时候，我就不敢那么办。于是，我总感到束手束脚，不能畅所欲言。信口开河可能写成长篇（文学史上有例可查），而绝对不能写成短篇。短篇需要最高度的艺术控制。浩浩荡荡的文字，用之于长篇，可能成为一种风格。短篇里浩荡不开。

同时，若是为了控制，而写得干干巴巴，就又使读者难过。好的短篇，虽仅三五千字，叫人看来却感到从从容容，舒舒服服。这是真本领。哪里去找这种本领呢？从我个人的经验来说，最要紧的是知道的多，写的少。有够写十万字的资料，而去写一万字，我们就会从容选择，只要精华，尽去糟粕。资料多才易于调动。反之，只有够写五千字的资料，也就想去写五千字，那就非弄到声嘶力竭不可。

我常常接到文艺爱好者的信，说：我有许多小说资料，但是写不出来。

其中，有的人连信还写不明白。对这样的朋友，我答以先努力进修语文，把文字写通顺了，有了表现能力，再谈创作。

有的来信写得很明白，但是信中所说的未必正确。所谓小说资料是不是一大堆事情呢？一大堆事情不等于小说资料。所谓小说资料者，据我看，是我们把一件事已经咂摸透，看出其中的深刻意义——

借着这点事情可以说明生活中的和时代中的某一问题。这样摸着了底，我们就会把类似的事情收揽进来，补我们原有的资料的不足。这样，一件小说资料可能一来二去地包括着许多类似的事情。也只有这样，当我们写作的时候，才能左右逢源，从容不迫，不会写了一点就无话可说了。反之，记忆中只有一堆事情，而找不出一条线索，看不出有何意义，这堆事情便始终是一堆事情而已。即使我们记得它们发生的次序，循序写来，写来写去也就会写不下去了——写这些干什么呢！所谓一堆事情，乍一看起来，仿佛是五光十色，的确不少。及至一摸底，才知道值得写下来的东西并不多。本来嘛，上茅房也值得写吗？值不得！可是，在生活中的确有上茅房这类的事。把一大堆事情剥一剥皮，即把上茅房这类的事都剥去，剩下的核儿可就很小很小了。所以，我奉劝心中只有一堆事情的朋友们别再以为那就是小说资料，应当先想一想，给事情剥剥皮，看看核儿究竟有多么大。要不然，您总以为心中有一写就能写五十万言的积蓄，及至一落笔便又有空空如也之感。同时，我也愿意奉劝：别以为有了一件似有若无的很单薄的故事，便是有了写短篇小说的内容。那不行。短篇小说并不因为篇幅短，即应先天不足！恰相反，正是因为它短，它才需要又深又厚。您所知道的必须比要写的多得多。

是的，上面所说的也适用于人物的描写。在长篇小说里，我们可以从容介绍人物，详细描写他们的性格、模样与服装等等。短篇小说里没有那么多的地方容纳这些形容。短篇小说介绍人物的手法似乎与话剧中所用的手法相近——一些动作，几句话，人物就活生生地出现在我们眼前。当然，短篇小说并不禁止人物的形容。可是，形容一多，就必然显着冗长无力。我以为：用话剧的手法介绍人物，而在必要时点染上一点色彩，是短篇小说描绘人物的好办法。

除非我们对一个人物极为熟悉，我们没法子用三言两语把他形容出来。在短篇小说里，我们只能叫他作一两件事，可是我们必须作到：只有这样的一个人才会作这一两件事，而不是这样的一个人偶然地作了这一两件事，更不是随便哪个人都能作这一两件事。即使我们故意叫他偶然地作了一件事，那也必须是只有这个人才会遇到这件偶然的事，只有这个人才会那么处理这件偶然的事。还是那句话：知道的多，写的少。短篇小说的篇幅小，我们不能叫人物作过多的事。我们叫他作一件事也好，两件事也好，可是这点事必是人物全部生活与性格的有力说明，不是他一辈子只作了这么一点点事。只有知道了孔明和司马懿的终生，才能写出《空城计》。假若事出偶然，恐怕孔明就会束手被擒，万一司马懿闯进空城去呢！

风景的描写也可应用上述的道理。人物的形容和风景的描写都不应是点缀。没有必要，不写；话很多，找最要紧的写，少写。

这样，即使我们还不能把短篇小说写好，可也不会一写就写成长的短篇小说，废话太多的短篇小说了。

以上，是我这两天想起来的话，也许对，也许不对；前面不是说过吗，我不大会写短篇小说呀。

谈读书

我有个很大的毛病：读书不求甚解。

从前看过的书，十之八九都不记得；我每每归过于记忆力不强，其实是因为阅读时马马虎虎，自然随看随忘。这叫我吃了亏——光翻动了书页，而没吸收到应得的营养，好似把好食品用凉水冲下去，没有细细咀嚼。因此，有人问我读过某部好书没有，我虽读过，也不敢点头，怕人家追问下去，无辞以答。这是个毛病，应当矫正！丢脸倒是小事，白费了时光实在可惜！

矫正之法有二：一曰随读随作笔记。这不仅大有助于记忆，而且是自己考试自己，看看到底有何心得。我曾这么办过，确有好处。不管自己的了解正确与否，意见成熟与否，反正写过笔记必得到较深的印象。及至日子长了，读书多了，再翻翻旧笔记看一看，就能发现昔非而今是，看法不同，有了进步。可惜，我没有坚持下去，所以有许多读过的著作都忘得一干二净。既然忘掉，当然说不上什么心得与收获，浪费了时间！

第二个办法是：读了一本文艺作品，或同一作家的几本作品，最好找些有关于这些作品的研究、评论等著述来读。也应读一读这个作家的传记。这实在有好处。这会使我们把文艺作品和文艺理论结合起来，把作品与作家结合起来，引起研究兴趣，尽管我们并不想作专家。有了这点兴趣，用不着说，会使我们对那些作品与那个作家得到更深刻的了解，吸取更多的营养。孤立地读一本作品，我们多半是凭个人的喜恶去评断，自己所喜则捧入云霄，自己所恶则弃如粪土。事实上，这未必正确。及至读了有关这本作品的一些著述，我们就会发现自己的错误。这并不是说我们应该采取人云亦云的态度，不便自作主张。不是的。这是说，我们看了别人的意见，会重新去想一想。这么再想一想便大有好处。至少它会使我们不完全凭感情去判断，减少了偏见。去掉偏见，我们才能够吸取营养，扔掉糟粕——个人感情上所喜爱的那些未必不正是糟粕。

在我年轻的时候，我极喜读英国大小说家狄更斯的作品，爱不释手。我初习写作，也有些效仿他。他的伟大究竟在哪里？我不知道。我只学来些耍字眼儿，故意逗笑等等“窍门”，扬扬得意。后来，读了些狄更斯研究之类的著作，我才晓得原来我所摹拟的正是那个大作家的短处。他之所以不朽并不在乎他会故意逗笑——假若他能够控制自己，减少些绕着弯子逗笑儿，他会更伟大！特别使我高兴的是近几年来看到些以马克思主义文艺观点写成的评论。这些评论是以科学的分析方法把狄更斯和别的名家安放在文学史中最合适的地位，既说明他们的所以伟大，也指出他们的局限与缺点。他们仍然是些了不起的巨人，但不再是完美无缺的神像。这使我不再迷信，多么好啊！是的，有关于大作家的著作有很多，我们读不过来，其中某些旧作读了也不见得有好处。读那些新的吧。

真的，假若（还暂以狄更斯为例）我们选读了他的两三本代表作，又去读一本或两本他的传记，又去读几篇近年来发表的对他的评论，我们对于他一定会得到些正确的了解，从而取精去粕地吸收营养。这样，我们的学习便较比深入、细致，逐渐丰富我们的文学修养。这当然需要时间，可是细嚼烂咽总比囫囵吞枣强得多。

此外，我想因地制宜，各处都成立几个人的读书小组，约定时间举行座谈，交换意见，必有好处。我们必须多读书，可是工作又很忙，不易博览群书。假若有读书小组呢，就可以各将所得，告诉别人；或同读一书，各抒己见；或一人读《红楼梦》，另一人读《曹雪芹传》，另一人读《红楼梦研究》，而后座谈，献宝取经。我想这该是个不错的方法，何妨试试呢。

怎样读小说

写一本小说不容易，读一本小说也不容易。平常人读小说，往往以为既是“小”说，必无关宏旨，所以就随便一看，看完了顺手一扔，有无心得，全不过问。这个态度，据我看来，是不大对的。光是浪费了光阴么？我们要这样去读小说，何不去玩玩球，练练武术，倒还有益于身体呀？再说，小说之所以能够存在，并不见完全因为它“小”而易读，可供消遣。反之，它之所以能够存在，正因为它有它特具的作用，不是别的书籍所能替代的。化学不能代替心理学，物理学不能代替历史；同样的，别的任何书籍也都不能代替小说。小说是讲人生经验的。我们读了小说，才会明白人间，才会知道处身涉世的道理。这一点好处不是别的书籍所能供给我们的。哲学能教咱们“明白”，但是它不如小说说得那么有趣，那么亲切，那么动人，因为哲学太板着面孔说话，而小说则生龙活虎地去描写，使人感到兴趣，因而也就不知不觉地发生了潜移默化的作用。历史也写人间，似乎与小说相同。可是，一般地说，历史往往缺乏着文艺性，使人念了头疼；即使含有文艺性，也不能像小说那样圆满生动，活龙活现。历史可以近乎小说，但代替不了小说。世间恐怕只有小说能源源本本、头头是道地描画人世生活，并且能暗示出人生意义。就是戏剧也没有这么大的本事，因为戏剧须摆在舞台上去，而舞台的限制就往往教剧本不能像小说那样自由描画。于此，我们知道了，小说是在书籍里另成一格，也就与别种书籍同样的有它独立的、无可代替的价值与使命。它不是仅供我们念着“玩”的。

读小说，第一能教我们得到益处的，便是小说的文字。世界上虽然也有文字不甚好的伟大小说，但是一般地来说，好的小说大多数是有好文字的。所以，我们读小说时，不应只注意它的内容，也须学习它的文字，看它怎么以最少的文字，形容出复杂的心态物态来；看它怎样用最恰当的文字，把人情物状一下子形容出来，活生生地立在我们的眼前。况且一部小说，又是有人有景有对话，千状万态，包罗万象，更是使我们心宽眼亮，多见多闻；假若我们细心去读的话，它简直就是一部最好的最丰富的模范文。反之，假若我们读到一部文字不甚好的小说，即使它有些内容，我们也就知道这部小说是不甚完美的，因为它有个文字拙劣的缺点。在我们读过一段描写人，或描写事物的文字以后，试把小说放在一边，而自己拟作一段，我们便得到很不小的好处，因为拿我们自己的拟作与原文一比，就看出来人家的是何等简洁有力，或委婉多姿。而且还可以看出来，人家之所以能体贴入微者，必是由真正的经验而来，并不是先写好了“人生于世”而后敷衍成章的。假若我们也要写好文章，我们便也应该去细心观察人生与事物，观察之后，加以揣摩，而后我们才能把其中的精彩部分捉到，下笔如有神矣。闭着眼睛想是写不出来东西的。

文字以外，我们该注意的是小说的内容。要断定一本小说内容的好坏，颇不容易，因为世间的任何一件事都可以作为小说的材料，实在不容易分别好坏。不过，大概地说，我们可以这样来决定：关心社会的便好，不关心社会的便坏。这似乎是说，要看作者的态度如何了。同一件事，在甲作家手里便当作一个社会问题而提出之，在乙作家手里或者就当作一件好玩的事来说。前者的态度严肃，关切人生；后者的态度随便，不关切人生。那么，前者就给我们一些知识，一点教训，所以好；后者只是供我们消遣，白费了我们的光阴，所以不好。青年们读小说，往往喜爱剑侠小说。行侠作义，好打不平，本是一个黑暗社会中应有的好事。倘若作者专向着“侠”字这一方面去讲，他多少必能激动我们的正义感，使我们也要有除暴安良的抱负。反之，倘若作者专注意到“剑”字上去，说什么口吐白光，斗了三天三夜的法而不分胜负，便离题太远，而使我们渐渐走入魔道了。青年们没有多少判断能力，而且又血气方刚，喜欢热闹，故每每以惊奇与否断定小说的好歹，而不知惊奇的事未必有什么道理，我们费了许多光阴去阅读，并不见得有丝毫的好处。同样的，小说的穿插若专为故作惊奇，并不见得就是好作品，因为卖关子，耍笔调，都是低卑的技巧；而好的小说，虽然没有这些花样，也自能引人入胜。一部好的小说，必是真有的说，真值的说；它决不求助于小小的技巧来支持门面。作者要怎样说，自然有个打算，但是这个打算是想把故事拉得长长的，好多赚几个钱。所以，我们读一本小说，绝不该以内容与穿插的惊奇与否而定去取，而是要以作者怎样处理内容的态度，和怎样设计去表现，去定好坏。假若我们能这样去读小说，则小说一定不是只供消遣的东西，而是对我们的文学修养，与处世的道理，都大有裨益的。

什么是幽默

幽默是一个外国字的译音，正像“摩托”和“德谟克拉西”等等都是外国字的译音那样。

为什么只译音，不译意呢？因为不好译——我们不易找到一个非常合适的字，完全能够表现原意。假若我们一定要去找，大概只有“滑稽”还相当接近原字。但是，“滑稽”不完全相等于“幽默”。“幽默”比“滑稽”的含意更广一些，也更高超一些。“滑稽”可以只是开玩笑，而“幽默”有更高的企图。凡是只为逗人哈哈一笑，没有更深的意义的，都可以算作“滑稽”，而“幽默”则须有思想性与艺术性。

原来的那个外国字有好几个不同的意思，不必在这一一介绍。我们只说一说现在我们怎么用这个字。

英国的狄更斯、美国的马克·吐温，和俄罗斯的果戈里等伟大作家都一向被称为幽默作家。他们的作品和别的伟大作品一样地憎恶虚伪、狡诈等等恶德，同情弱者，被压迫者，和受苦的人。但是，他们的爱与憎都是用幽默的笔墨写出来的——这就是说，他们写的招笑，有风趣。

我们的相声就是幽默文章的一种。它讽刺，讽刺是与幽默分不开的，因为假若正颜厉色地教训人便失去了讽刺的意味，它必须幽默地去奇袭侧击，使人先笑几声，而后细一咂摸，脸就红起来。解放前通行的相声段子，有许多只是打趣逗哏的“滑稽”，语言很庸俗，内容很空洞，只图招人一笑，没有多少教育意义和文艺味道。解放后新编的段子就不同了，它在语言上有了含蓄，在思想上多少尽到讽刺的责任，使人听了要发笑，也要去反省。这大致地也可以说明“滑稽”和“幽默”的不同。

幽默文字不是老老实实的文字，它运用智慧，聪明，与种种招笑的技巧，使人读了发笑，惊异，或啼笑皆非，受到教育。我们读一读狄更斯的，马克·吐温的，和果戈里的作品，便能够明白这个道理。听一段好的相声，也能明白些这个道理。

幽默的作家必是极会掌握语言文学的作家，他必须写得俏皮，泼辣，警辟。幽默的作家也必须有极强的观察力与想象力。因为观察力极强，所以他能把生活中一切可笑的事，互相矛盾的事，都看出来，具体地加以描画和批评。因为想象力极强，所以他能把观察到的加以夸张，使人一看就笑起来，而且永远不忘。

不论是作家与否，都可以有幽默感。所谓幽默感就是看出事物的可笑之处，而用可笑的话来解释它，或用幽默的办法解决问题。比如说，一个小孩见到一个生人，长着很大的鼻子；小孩子是不会客气的，马上叫出来：“大鼻子！”假若这位生人没有幽默感呢，也许就会不高兴，而孩子的父母也许感到难以为情。假若他有幽默感呢，他会笑着对小孩说：“就叫鼻子叔叔吧！”这不就大家一笑而解决了问题么?

幽默的作家当然会有幽默感。这倒不是说他永远以“一笑了之”的态度应付一切。不是，他是有极强的正义感的，决不饶恕坏人坏事。不过，他也看出社会上有些心地狭隘的人，动不动就发脾气，闹情绪，其实那都是三言两语就可以解决的，用不着闹得天翻地覆。所以，幽默作家的幽默感使他既不饶恕坏人坏事，同时他的心地是宽大爽朗，会体谅人的。假若他自己有短处，他也会幽默地说出来，决不偏袒自己。

人的才能不一样，有的人会幽默，有的人不会。不会幽默的人最好不必勉强要俏，去写幽默文章。清清楚楚、老老实实的文章也能是好文章。勉强要几个字眼，企图取笑，反倒会弄巧成拙。更须注意：我们讥笑坏的品质和坏的行为，我们可绝对不许讥笑本该同情的某些缺陷。我们应该同情盲人，同情聋子或哑巴，绝对不许讥笑他们。

幽默的危险

这里所说的危险，不是“幽默”足以祸国殃民的那一套。最容易利用的幽默技巧是摆弄文字，“岂有此埋”代替了“岂有此理”，“莫名其妙”会变成了“莫名其土地堂”；还有什么故意把字用在错地方，或有趣地写个白字，或将成语颠倒过来用，或把诗句改换上一两个字，或巧弄双关语……都是想在文字里找出缝子，使人开开心，露露自家的聪明。这种手段并不怎么大逆不道，不过它显然地是专在字面上用工夫，所以往往有些油腔滑调；而油腔滑调正是一般人所谓的“幽默”，也就是正人君子所以为理当诛伐的。这个，可也不是这里所要说的。

假若“幽默”也会有等级的话，摆弄文字是初级的，浮浅的；它的确抓到了引人发笑的方法，可是工夫都放在调动文字上，并没有更深的意义，油腔滑调乃必不可免。这种方法若使得巧妙一些，便可以把很不好开口说的事说得文雅一些，“雀入大水化为蛤”一变成“雀入大蛤化为水”仿佛就在一群老翰林面前也大可以讲讲的。虽然这种办法不永远与狎亵相通，可是要把狎亵弄成雅俗共赏，这的确是个好方法。这就该说到狎亵了：我们花钱去听相声，去听小曲；

我们当正经话已说完而不便都正襟危坐的时候，不知怎么便说起不大好意思的笑话来了。相声，小曲，和不大好意思的笑话，都是整批的贩卖狎亵，而大家也觉得“幽默”了一下。在幽默的文艺里，如Aristophanes[①]，如Rabelais[②]，如Boccaccio[③]，都大大方方地写出后人得用××印出来的事儿。据批评家看呢，有的以为这种粗莽爽利的写法适足以表示出写家的大方不拘，无论怎样也比那扭扭捏捏的暗示强，暗透消息是最不健康的。（或者《西厢记》与《红楼梦》比《金瓶梅》更能害人吧？）有的可就说，这种粗糙的东西，也该划入低级幽默，实无足取。这个，且当个悬案放在这里，它有无危险，是高是低，随它去吧；这又不是这里所要说的。

来到正文。我所要说的，是我自己体验出的一点道理：幽默的人，据说，会郑重地去思索，而不会郑重地写出来；他老要嘻嘻哈哈。假若这是真的，幽默写家便只能写实，而不能浪漫。不能浪漫，在这高谈意识正确，与希望革命一下子就成功的时期，便颇糟心。那意识正确的战士，因为希望革命一下子成功，会把英雄真写成个英雄，从里到外都白热化，一点也不含糊，像块精金。一个幽默的人，反之，从整部人类史中，从全世界上，找不出这么块精金来；他若看见一位战士为督战而踢了同志两脚，似乎便有点可笑；一笑可就泄了气。幽默真是要不得的！

---

①阿里斯托芬（约前446—前385年），古希腊早期喜剧作家，被称为“喜剧之父”。

②拉伯雷（约1494—1553年），文艺复兴时期法国人文主义作家之一。

③薄伽丘（1313—1375年），意大利人文主义作家，“文艺复兴三杰”之一。

浪漫的人会悲观，也会乐观；幽默的人只会悲观，因为他最后的领悟是人生的矛盾——想用七尺之躯，战胜一切，结果却只躺在不很体面的木匣里，像颗大谷粒似的埋在地下。他真爱人爱物，可是人生这笔大账，他算得也特别清楚。笑吧，明天你死。于是，他有点像小孩似的，明知顽皮就得挨打，可是还不能不顽皮。因此，他有时候可爱，有时候讨人嫌；在革命期间，他总是讨人嫌的，以至被正人君子与战士视如眼中钉，非砍了头不解气。多么危险。

顽皮，他可是不会扯谎。他怎么笑别人也怎么笑自己。Rabelais，当惹起教会的厌恶而想架火烧死他的时候，说：不用再添火了，我已经够热的了。他爱生命，不肯以身殉道，也就这么不折不扣地说出来。周作人（知堂）先生的博学，谁不知道呢，可是在《秉烛谈序言》中，他说：“今日翻看唱经堂杜诗解——说也惭愧，我不曾读过全唐诗，唐人专集在书架上是有数十部，却都没有好好地看过，所有一点知识只出于选本，而且又不是什么好本子，实在无非是《唐诗三百首》之类，唱经之不登大雅之堂，更不用说了，但这正是事实……”在周先生的文章里，像这样的坦白陈述，还有许许多多。一个有幽默之感的人总扭不过去“这是事实”，他不会鼓着腮充胖子。大概是那位鬼气森森的爱兰·坡吧，专爱引证些拉丁或法文的句子，其实他并没读过原书，而是看到别人引证，他便偷偷地拉过来，充充胖子。这并不是说，浪漫者都不诚实，不过他把自己一滴眼泪都视如珍宝，那么，假充胖子也许是不可免的，他唯恐泄了气。幽默的人呢，不，不这样，他不怕泄气，只求心中好过。这么一来，他可就被人视为小丑，永远欠着点严重，不懂得什么叫作激起革命情绪。危险。

他悲观，他顽皮，他诚实；哼，他还容让人呢，这就更糟。按说，一个文人应当老眼看六路，耳听八方，有个风声草动，立刻拔出笔来，才像那么一回子事。战斗的时候，还应当撒手就是一毒气弹，不容来将通名，就给打闷了气。人家只说了他写错一个字，他马上发现那个人的祖宗写过一万个错字，骂了祖宗，子孙只好去重修家谱，还不出话来。幽默的人呀，糟心，即使他没写错那个字，也不去辩驳；“谁没有个错儿呢？”他说。这一说可就泄了大家的劲，而文坛冷冷清清矣。他不但这样容让人，就是在作品之中也是不肯赶尽杀绝。他看清了革命是怎回事，但对于某战士的鼻孔朝天，总免不了发笑。他也看资本家该打倒，可是资本家的胡子若是好看，到底还是好看。这么一来，他便动了布尔乔亚的妇人之仁，而笔下未免留些情分。于是，他自己也就该被打倒，多么危险呢。

这就是我所看出来的一点点意思，对与不对都没关系。

我的“话”

二十岁以前，我说纯粹的北平话。二十岁以后，糊口四方，虽然并不很热心去学各地的方言，可是自己的言语渐渐有了变动：一来是久离北平，忘记了许多北平人特有的语调词汇；二来是听到别处的语言，感觉到北平话，特别是在腔调上，有些太飘浮的地方，就故意地去避免。于是，一来二去，我的话就变成一种稍稍忘记过、矫正过的北平话了。大体上说，我说的是北平话，而且相当地喜爱它。

三十岁左右的五年中，住在英国。因为岁数稍大，和没有学习语文的天才，所以并没能把英语学习好。有一个时期，还学习了一点拉丁和法文，也因脑子太笨而没有什么成绩。不过，我总算与外国语言接触过了。在上一段中，我说明了怎样因与国内的方言接触，而稍稍改变了自己的北平话；在这里，就是与外国语接触之后，我便拿北平话——因为我只会讲北平话——去代表中国话，而与外国话比较了。

最初，因英语中词汇的丰富，文法的复杂，我感到华语的枯窘简陋。在偶尔练习一点翻译的时候，特别使我痛苦：找不着适当的字啊！把完好的句子都拆毁了啊！我鄙视我的北平话了！

后来，稍稍学了一点拉丁及法文，我就更爱英文，也就翻回头来更爱华语了，因为以英文和拉丁或法文比较，才知道英文的简单正是语言的进步，而不是退化；那么以华语和英语比较，华语的惊人的简单，也正是它的极大的进步。

及至我读了些英文文艺名著之后，我更明白了文艺风格的劲美，正是仗着简单自然的文字来支持，而不必要花枝招展，华丽辉煌。英文圣经，与狄福、司威夫特等名家的作品，都是用了最简劲自然的，也是最好的文字。

这时候，正是我开始学习写小说的时候；所以，我一下手便拿出我自幼儿用惯了的北平话。在第一二本小说中，我还有时候舍不得那文雅的华贵的词汇；在文法上，有时候也不由得写出一二略为欧化的句子来。及至我读了《艾丽司漫游奇境记》等作品之后，我才明白了用儿童的语言，只要运用得好，也可以成为文艺佳作。我还听说，有人曾用“基本英文”改写文艺杰作，虽然用字极少，也还能保持住不少的文艺性；这使我有了更大的胆量，脱去了华艳的衣衫，而露出文字的裸体美来。在当代的名著中，英国写家们时常利用方言；按照正规的英文法程来判断这些方言，它们的文法是不对的，可是这些语言放在文艺作品中，自有它们的不可忽视的力量，绝对不是任何其他语言可以代替的。是的，它们的确与正规文法不合，可是它们原本有自己的文法啊！你要用它，就得承认它的独立与自由，因为它自有它们的生命。假若你只采取它一两个现成的字，而不肯用它的文法，你就只能得到它的一点小零碎来作装饰，而得不到它的全部生命的力量。因此，我自己的笔也逐渐地、日深一日地，去沾那活的、自然的、北平话的血汁，不想借用别人的文法来装饰自己了。我不知道这合理与否，我只觉得这个作法给我不少的欣喜，使我领略到一点创作的乐趣。看，这是我自己的想象，也是我自己的语言哪！

避免欧化的句子是不容易的。我们自己的文法是那么简单，简直没有法子把一句含意复杂的话说得圆满呀！可是，我还是设法去避免，我会把一长句拆开来说，还教它好听，明白，生动。把含意复杂的一个长句拆开来说，恐怕就不能完全传达那个长句所要表现的意思了，句子的形式既变，意思恐怕也就或多或少总有些变动；即使能够不多不少的恰切原意，那句子形式的变动也会使情调语气随着改变。于此，欧化的语句有时候是必不能舍弃的，特别是在说理的文章里。不过，我自己不大写说理的文章，我所写的大多数是诗歌小说之类的东西。这类的东西需要写得美好，简劲，有感动力。那么，语言之美是独特的无法借用，有不得不在自己的语言中探索其美点者。谈到简劲，中国言语恰恰天然的不会把句子拉长；强使之长，一句中有若干“底”“地”与“的”，或许能于一句中表达纡回复杂的意念，有如上述；但在文艺作品中这必然的会使气势衰沉，而且只能看而不能读，给诗歌与戏剧中的对话一个致命伤。在一个哲学家口中，他也许只求他的话能使人作深思，而不管它是多么别扭、生硬、冗长，文艺家便不敢这么冒险，因为他虽然也愿使人深思细想，可是他必定是用从心眼中发出来的最有力、最扼要、最动人的言语，使人咂摸着人情世态，含泪或微笑着去作深思。他要先感动人。这从心眼中掏出来的言语，必是极简单、极自然、极通俗的。媳妇哭婆婆，或许用点儿修辞；当她哭自己的儿女的时候，她只叫一两声“我的肉”，而昏倒了！文字的感动力是来自在某个场合中必然的说某种话——这个话是最普遍常用的，绝难借用外国文法的。一个哲学家，与一个工友，在他痛苦的时节，是同样的只会叫“妈”的。

我明白了上述的一点道理——对不对，我可不敢说——我就决定放弃了翻译工作。这工作是极要紧的，但是它使我太痛苦——顾了自己，便损害了别人；顾及别人，便失落了自己。言语的不同没法使彼此尽欢而散。同时，我写作小说也就更求与口语相合，把修辞看成怎样能从最通俗的浅近的词汇去描写，而不是找些漂亮文雅的字来漆饰。用字如此，句子也力求自然，在自然中求其悦耳生动。我愿在纸上写的和从口中说的差不多。到了这个地步，有时候我颇后悔我曾经矫正过自己的北平话了：有许多好的词汇，好的句法，因为怕别人不懂而不用，乃至渐渐的忘记了。是的，中国话确是太简单了，词与字真是太不够用了；把文言与白话掺合起来用，或者还能勉强应付；可是我立志要写白话，不借助于文言，岂不是自找苦吃？况且，我又忘了许多北平话呢！

我要恢复我的北平话。它怎么说，我便怎么写。怕别人不懂吗？加注解呀。无论怎说，地方语言运用得好，总比勉强地用四不像的、毫无精力的、普通官话强得多。至于借用外国文法，我不反对别人去试验，我自己可是还无暇及此，因为我还没能把自己的语言运用得很好哇！先把握住自己的话，而后再添加外来的材料，也许更牢靠一些。

近来有件伤心的事：我练习着写诗，把自己憋得半死！我知道，诗是语言的结晶。我写的是白话诗，自然须是白话的结晶。可是，这结晶不成；知道的白话是那么少啊！而且所知道的那一些，又运用得那么拙笨啊！我还是不敢多向外国语求救，可是文言不住地对我招手。我本想置之不理，给它个冷肩膀吃。但是，没了米，也只好吃面粉了，还能饿着吗？唉，对白话我有点不忠之罪！是白话不够用吗？是白话不配上诗的园里去吗？都不是！是自己无才，而且有点偷懒啊！我以为，从诗的言语上说，假若“刁骚”“歧路”“原野”“涟漪”……等无聊的词汇不被铲除了去，白话诗或者老是一片草地，而排列着许多坟头儿，永远成不了美丽的林园。

不过，近来也有桩可喜的事：我在练习写话剧。话剧太难写了，我当然不会一蹴而成功。但是，且不管剧中旁的一切，单就对话来说，实在使我快活。我没有统计过，在一出三幕或四幕剧中，用过多少个字。我可是直觉的感到，我用字很少，因为在写剧的时节，我可以充分地去想象：某个人在某时某地须说什么话，而这些话必定要立竿见影地发生某种效果；用不着转文，也用不着多加修饰，言语是心之声，发出心声，则一呼一嗽都能感人。在这里，我留神语言的自然流露，远过于文法的完整；留神音调的美妙，远过于修辞的选择。剧中人口里的一个“哪”或“吗”，安排得当，比完整而无力的一大句话，要收更多的效果。在这里，才真实的不是作文，而是讲话。话语的本来的文法，在此万不能移动；话语的音节腔调之美，在此须充分地发扬。剧中人所讲的是生命与生活中的话语，不是在背诵文章。

我没有学习语言的天才，故对语言的比较也就没有任何研究。我也没研究过文法，而只知道自己口中所说的话自有文法，很难改创。对语文既无所知，可是还要谈论到它们，不过是本着自己学习写作的经验说说实话而已，说不定就是一片胡言啊！

古为今用

我们都愿意学习点古典文学，以便继承民族传统，推陈出新。在学习中，恐怕我们都可能有这样的经验：一接触了古典著作，我们首先就被著作中的文字之美吸引住，颇愿学上一学。那么，这篇短文就专谈谈从古典著作中学习文字的问题，不多说别的。

文字平庸是个毛病。为医治这个毛病，读些古典文学著作是大有好处的。可是，也有的人正因为读了些古典作品，而文字反倒更平庸了。这是怎么一回事呢？大概是这样：阅读了一些古典诗文，不由地就想借用一些词汇，给自己的笔墨添些色彩。于是，词汇较为丰富了，可是文笔反倒更显着平庸，因为说到什么都有个人云亦云的形容词，大雨必是滂沱的，火光必是熊熊的，溪流必是潺潺的……这样穿戴着借来的衣帽的文章是很难得出色的。

在另一方面，我们今天的文学工具是白话，不是文言。古典诗文呢，大都用文言，不用白话（《水浒》《红楼梦》等是例外）。那么，由文言诗文借来的词汇，怎样天衣无缝地和白话结合在一处，实在不是一件容易的事。二者结合的不好，必会露出生拉硬扯的痕迹，有损于文章气势的通畅。

因此，我想学习古典文学的文字不应只图多识几个字，多会用几个字，更重要的是由学习中看清楚文学是与创造分不开的。尽管我们专谈文字的运用，也须注意及此。我们一想起韩愈与苏轼，马上也就想起“韩潮苏海”来。这说明我们尊重二家，不因他们的笔墨相同，而因他们各有独创的风格。我们对李白与杜甫的尊重，也是因为他们的光芒虽皆万丈，而又各有千秋。

多识几个字和多会用几个字是有好处的。不过，这个好处很有限，它不会使我们深刻地了解如何创造性地运用文字。本来嘛，不管我们怎样精研古典文学，我们自己写作的工具还是白话——写旧体诗词是例外。这样，我们的学习不能不是摸一摸前人运用文字的底，把前人的巧妙用到我们自己的创作里来。这就是说，我们要求自己以古典文字的神髓来创造新的民族风格，使我们的文字既有民族风格，又有时代的特色。我们的责任绝对不限于借用几个古雅的词汇。是的，我们须创造自己的文字风格。

因此，我们不要专看前人用了什么字，而更须留心细看他们怎样用字。让我们看看《文心雕龙》里的这几句吧：“夫神思方运，万涂竞萌；规矩虚位，刻镂无形，登山则情满于山，观海则意溢于海。我才之多少，将与风云而并驱矣！方其搦翰，气倍辞前；暨乎篇成，半折心始。何则？意翻空而易奇，言征实而难巧也。”

写这段话的是个懂得写作甘苦的人。要不然，他不会说得这么透澈。他不但说得透澈，而且把山海风云都调动了来，使文章有气势，有色彩，有形象。这是一段理论文字，可是写的既具体又生动。

我们从这里学习什么呢？是抄袭那些词汇吗？不是的。假若我们不用“拿笔”，而说“搦翰”，便是个笑话。我们应学习这里的怎么字字推敲，怎样以丰富的词汇描绘出我们构思时候的心态，词汇多而不显着堆砌，说道理而并不沉闷。我们应学习这里的句句正确，而又气象万千，风云山海任凭调遣。这使我们看明白：我们是文字的主人，文字不是我们的主人。全部《文心雕龙》的词汇至为丰富。但是专凭词汇，成不了精美的文章。词汇的控制与运用才是本领的所在。我们的词汇比前人的更为丰富，因为我们的词汇既来自口语，又有一部分来自文言，而且还有不少由外国语言移植过来的。可是，我们的笔下往往显着枯窘。这大概是因为我们只着重词汇，而不相信自己。请看这首“诗”吧：

初升的朝暾，
照耀着人间红亮，
虽然梅蕊初放，
人们的心房却热得沸腾！

这是一首习作，并不代表什么流派与倾向。可是这足以说明一个问题，就是有的人的确以为用上“朝暾”“照耀”“梅蕊”与“沸腾”，便可以算作诗了。有的人也这样写散文。他们忽略了文字必须通过我们自己的推敲锤炼，而后才能玉润珠圆。我们用文字表达我们的思想、感情；不以文字表达文字。字典里的文字最多，但字典不是文学作品。

据我猜，陶渊明和桐城派的散文家大概都是饱学之士。可是，陶诗与桐城派散文都是那么清浅朴实，不尚华丽。难道这些饱学之士真没有丰富的词汇，供他们驱使吗？不是的。他们有意地避免藻饰，而独辟风格。可见同是一样的文字，在某甲手里就现出七宝莲台，在某乙手里又朴素如瓜棚豆架。一部文学史里，凡是有成就的作家，在文字上都必有独到之处，自成一家。

我们必须学点古典文学，但学习的目的是古为今用。我们要从古典文学中学会怎么一字不苟，言简意赅，学会怎么把普通的字用得飘飘欲仙，见出作者的苦心孤诣。这么下一番功夫，是为了把我们的白话文写出风格来，而不是文言与白话随便乱搀，成为杂拌儿。随便乱搀，文章必定松散无力。这种文章使人一看就看出来，作者的思想、感情，并没有和文字骨肉相关地结合在一起，而是随便凑合起来的。

我们要多学习古典文学，为的是写好自己的文章。我们是文字的使用者。通过学习，我们就要推陈出新，给文字使用开辟一条新路，既得民族传统的奥妙，又有我们自己的创造。继承传统绝对不是将就，不是生搬硬套，不是借用几个词汇。我们要在使用文字上有所创造！

所谓不将就，即是不随便找个词汇敷衍一下。我们要想，想了再想，以便独出心裁地找到最恰当的字。假若找不到，就老老实实地用普通的字，不必勉强雕饰。这比随便拉来一堆泛泛的修辞要更结实一些。更应当记住，我们既用的是白话，就应当先由白话里去找最恰当的字，看看我们能不能用白话描绘出一段美景或一个生龙活虎的人物。反之，若是一遇到形容，我们就放弃了白话，而求救于文言，随便把“朝暾”“暮色”等搬了来，我们的文章便没法子不平庸无力。

是的，文言中的词汇用的得当，的确足以叫文笔挺拔，可是也必须留意，生搬硬套便达不到这个目的。语言艺术的大师鲁迅最善于把文言与白话精巧地结合在一处。不知他费了多少心思，才作到驰骋古今，综合中外，自成一家。他对白话与文言的词汇都呕尽心血，精选慎择，一语不苟。他不拼凑文字，而是使文言与白话都听从他的指挥，得心应手，令人叫绝。我们都该用心地阅读他的著作，特别是他的杂文。

至于学习古典文学，目的不仅在借用几个词汇，前边已经说过，这里只须指出：减省自己的一番思索，就削弱了一分创造性。要知道，文言作品中也有陈词滥调，不可不去鉴别。即使不是陈词滥调，也不便拿来就用。我们必须多多地思索。继承古典的传统一定不是为图方便，求省事。想要掌握文字技巧必须下一番真功夫，一点也别怕麻烦。